命・息ひとつ

むかえびと

目次

プロローグ——川と城のある町

案山子和尚《かかしおしょう》

まだ夏の気配を残す九月の青い空が木曽川をまたいで明るく広がっていた。

刷毛でひっかいたような白い雲がお城の上にいくつも飛んでいる。その遥か下方では、豊かな川の流れがさらさらとまぶしく光りながらうねっている。

橋の上からも、澄んだ硬い水音が初秋の空にたち昇っていくのが見えるようだ。

和尚は犬山城を背にして、橋を渡って対岸の古寺へ帰るところだった。

——あの娘、先ほども河原にいたが……。

対岸の川のほとりの大きな石の上に若い女が腰かけていた。

本町通りの綿銀商店に法事で必要なものを求めての道行きで、一旦、その娘を見たが、用事をすませて戻って来た今も座っている。かれこれ、二時間以上がたっている。

和尚は気になって、白、青、茶など大小さまざまな色合いの石がちらばっている橋の下の広々とした川原に下りてみた。女はつるつるした平らなちゃぶ台のような石の上に布を敷いて座っていた。

「おいおい、何時間座っているんじゃ。もう四時じゃ。いいかげん冷えないかね」

「あっ、どうも……すみません」

二十代の目鼻立ちのはっきりした女である。

「そこの林の向こうの丹桂寺の坊主じゃ。川に身を投げるのなら、もう少し寒い季節がいいなあ。あの向こうの山なみが紅葉で花が咲いたようになる。それを通り越すと、今度は伊吹山の雪肌から〝伊吹下ろし〟が下りてきて、凍りついて川原に五分と立っていられなくなる。……あんた、まあ、茶でも飲んでいかんか」

和尚はそう言うと、くるりと背を向けて歩きだした。取りつく島もない誘いで、「寄れ」と言われてもどうしたらよいものか。

座っていた大石から立ち上がり、和尚の背中を見ていると、

「いいから寄っていきなさい。饅頭くらいある」
五、六歩先を歩いていた和尚が、もう一度、振り返った。
日焼けした浅黒い顔、ちょんちょんとした白眉毛、細い糸のような小さな目。〝山田の案山子〟

のような和尚の顔である。無表情で、愛想がいいか悪いのか、わからない。

女はくすりと笑いかけ、そんな和尚の後を歩きだした。


朽ちかけた小さな門をくぐると、金木犀がオレンジ色の花を咲かせ、甘い匂いを放っていた。案山子和尚が玄関先で手招きをし、清潔な茶室のような部屋に通されると、すぐにモンペ姿の品のよい老婆が現れてお茶を出してくれた。


本当に〝葬式饅頭〟が出て来た。それから、つやつやした茄子と胡瓜と高菜の漬物。

「遠慮せんでいい。葬式の残りじゃ。わしら二人とも、畑仕事が好きで……」

言われたとおりお茶を飲むと、香りのよい上等な緑茶だった。自分の家の中では気を遣って小さくなっているのに、和尚や奥さんの前では旧知の間柄のようになぜか安らいでくる。

「あんた、悩みがあったら話してみなさい。ここは寺じゃ。生きている者と、死んだ者がいっしょにおる。生きることは死ぬことだから、色即是空、けっきょくは同じことでな。何でも言ってみなさい」

〝案山子和尚〟の本名は井上真男、妻の名は史子《ふみ》。開け放した縁側から、玄関先の金木犀の大木の香りがまた送られてきた。

昔話に出てきそうな老夫婦は、枯れ木のように動かずにそこに座っている。

――誰にも話したことのない苦しみを、このお爺さん、お婆さんに打ち明けてみようか。

胸の底から懐かしい感情がわいてきた、と思ったら、涙があふれていた。

「……わたし、沢井キヨといいます。犬山の池野の在で百姓の生まれです。母親は六歳の時死んで、わたしは小学校を出てすぐに村長さんの家に女中奉公に出ました。とてもよくしていただき、十八のとき、そこから中仙道の赤坂宿の由緒ある旅籠に嫁ぎました。わたしは晴れがましい気持ちで一所懸命働きました。でも、百姓の出だからか、口のきき方を知らないためなのか、姑たちには忌み嫌われました。跡取りの亭主は一日中酒浸りで、ごろごろして何もせず、宿の商いも下火になりました。わたしは何一つ不満を口にせず働き続けましたが、夫はわたしへのあてつけからか、暴力をふるうようになりました。なぐったり、けったり、物を掴んで振り回すので、半殺しの目に合うこともありました。今日も家から逃げ出してきました。これから先、どうしたらいいのか、わかりません」

たしかにキヨの額は腫れあがり、着物から出た二の腕には紫色のアザが何カ所も見えた。

「あの川原が避難場所だったか。……これまでに何度も逃げ出してきたのかな」

「ここまで来たのは、はじめてです」

「それは大変なことだったな。温かい日でよかった。でもな、あんたはもうこれからは逃げ出さなくていいかもしれんよ」

「なぜですか？」

「あんたの話はようわかる。無駄がない。そしてな、人の悪口を言わない。ここでいろいろな悩みを打ち明けていく者はおるが、無駄が多くて話ができないものが多いんじゃ。あんたは自分を見ることができている。そうしたらな、もう、悩みは解決したようなものだ」

「…………」

「キヨさんと言ったね。何か、自分でやりたいことはないのかね」

「わたしは母親がお産の時に亡くなったので、もっとよい産婆さんにかかっていたら命だけでも……と子どもの頃からずっと思ってきました。だから、産婆さんの勉強をしたいと、いままでも思っています」

「勉強が好きなんだね」

「家の事情で、勉強している時間もなかったです。本当は進学もしたかった。でも村長さんには親切にしていただいて、家の本を借りて読ませてもらいました」

「どんな本があったかね」

「水戸黄門とか、雑誌とか……いろいろ。〝かな〟が振ってあるので字も覚えて」

「ははは、そうか。あんた、自分のことがわかっている。そういう人はな、そう多くいるわけじゃない。もっといろいろな本を読むといい。悩みや苦しみは、みんなあるのさ。今日笑っても、明日戦地で死ぬかもしれん。何不自由なく育っても、不治の病にかかる人もおるし、酒浸りの者もおる。生きているかぎり、きりはないが、自分が何者かをわきまえている者は何事もがまんができる。どーせがまんの人生ならば、あんた好きなことをやってみたらどうかね」

「いまからでも、できますか?」

「人生は、いつ終わっても仕方がない。だから、いつ始まってもいい。おい、ちょっと、あれ持ってこい」と和尚は奥さんに言いつけると、すぐにシャープペンシルと新しい大学ノートが用意されて卓上に置かれた。

「ペンはわしが昔使ったもののお古だが、芯はまだたくさんある。ノートは新品じゃ。あんたに差し上げる。何でもいいから使いなさい。感じたこと、考えたことを書きとめてもよいだろう」

キヨは、目の前が光に照らされたような驚きに打たれた。シャープペンシルを手にしたのははじめてだ。新しいノートをもらったのは小学卒業以来である。

「こ、こんな大切な物を……」

「あんたの能力は、あんたの話し方と態度に出ているよ。いまからでも遅くない、名古屋にわしの知り合いがおるから、訪ねてみなさい。あんたが産婆さんになれるよう相談に乗ってくれるよ。産婆さんというのはいい狙いだ。手に職がつく。わしらは年中葬式暮らしで、陰々滅々の〝おくりびと〟じゃが、命を取り出す産婆さんは〝むかえびと〟じゃ。人様には喜ばれることこの上ない。あんたのように自分がわかっている者は、やがて他人を助けて、支えとなってやることができる人となる」

「……わたし、それでは、嫁ぎ先を飛び出てもいいものでしょうか？」

するると、和尚はそれまで内に抑えていた感情を、もはや隠そうとはしなかった。

「すぐにでも、オン出てまえ！　そして、困ったことがあったら必ず来るんじゃ。準備その他、うちの婆さんがあんたを支えてくれるわ」

黄昏の犬山白帝城
夕日と伊木山と木曽川を行く帆かけ舟、良き日、明日を運ぶ大河の清流

〝食い倒れの戦友〟

沢井キヨは和尚の紹介にしたがって、名古屋市中区で内科の医院を開業している杉浦寛一を尋ねて行くことになった。六十半ばを過ぎた和尚の妻、井上史子はキヨを娘のように気遣って、出立までの準備をいろいろと整えてくれた。

――大正八年十一月三日、二十一歳のキヨは名古屋駅に降り立った。杉浦医院のある中区は、当時人口二十万を超える市内でも有数の商業地区で、市役所、県庁をはじめ中部地方を統括する国の出先機関も多かった。

冬は乾燥した晴天の日が多く、伊吹おろしの寒風が吹き荒れる。着物を重ね着しただけの貧しいキヨはガタガタ寒気に震えながら、薄い鉄板のように硬直した体で杉浦医院の門前に立った。

午後一時ちょうど。約束の時間である。

玄関で声をかけると、中からすぐに院長の妻の美佐が飛び出してきて、

「キヨさん！　お待ちしていました。よく来たね」

と元気に笑いかけてきた。その背後に眼鏡をかけたのっぽの白衣の老人がぼそっと立ってい

る。杉浦寛一、六十一歳、妻の美佐は五十二歳である。

美佐は眼鏡をかけていたが、顔立ちの整った美しい人だった。しかし、そのわりには錆びた車輪が回るようなガラガラ声で、おばちゃんのようにせわしなく話し出した。「自己紹介は挨拶だけでいい、詳しい経緯は省略や」と言って、

「お昼まだやろ。うどんができてるからね、座って食べながらいろいろ話そうね。」

キヨはそこではじめて〝きしめん〟という平打ちのうどんを口にした。

つるつるとしたやわらかいうどんは食べやすく、たっぷりと盛られた削り節や油あげ、青ネギやだし汁の熱い旨みが冷え切った体にしみてきた。

「和尚は僕の大学の先輩で、何かと世話になっている。和尚は中国文学の哲学史が専門でね、ときどきようわからん昔のこと言うだろう。君のことは奥さんの史さんからも電話をもらっているよ。史さんは、世話好きの上に心配症ときている。ハハハ……」

寛一はキヨがきしめんの丼をつゆまで全部きれいに飲み干すのを見て、

「どや、もう一杯、おかわり。今日は腹いっぱい食べて、たくさん眠って、それで明日はかみさんの知り合いの友田よしさんという産婆さんのところへ案内するよ。友田さんは腕のある人で、見識もある。そこで住み込みで勉強して、学校へ行きなさい。友田さんはよくうちへきて、かみさんと二人でなんだか食べ歩きばかりしているけどね。二人ともうるさいからね、キヨさ

んはびっくりするよ」

「言うたら、〝食い倒れの戦友〟や。明日は味噌おでんやな」

食べ歩きの話は本当で、後にキヨが二十六歳で産婆学校を卒業し資格を取得した際には、美佐と友田よしが熱田神宮南門近くの蓬莱軒で鰻の「ひつまぶし」をお祝いにおごってくれた。それはそれまでの人生でキヨが食べた一番のご馳走だった。

「先生も大昔の中国のことを勉強されたのですか……?」

「僕のはご愛嬌程度さ。こっちは医学部、和尚は文学部で、いっしょに雑誌をやっていた仲間なんだよ。和尚は良寛さんが愛読していた『寒山詩』という漢詩集を日本語に訳して本にもしている。寒山というのは、唐の時代の中国・天台山中に極貧生活を送った仙人のことでね、白雲幽石を抱く、ここに住みて凡《およ》そ幾年……、という山奥の隠者の老境詩だから、まあ、ひまになったら読んでごらん」

「そんな爺さんのしょーもない愚痴、若い娘が何で読まにゃいかんの。うちの旦那、病院の外に一歩も出やせんからずれとるのや。相手にせんといてね。子どものときから本捨てたことないから、たまるばっかしでな。この家の裏にはいまにも崩れそうな物置きが〝鰻の寝床長屋〟みたいにつなぎ合わせてあってな、この人の図書館なんや。カビ臭い本ばっかし積まれてるけど、昔話やのらくろ、立川文庫、娯楽雑誌もたくさんあるから、手があいたらいつでも見においで」

実際、食事の後で案内された院長の〝鰻の寝床図書館〟は二軒の家屋を継ぎ足し、玄関、居間、押し入れ、台所、廊下、屋根裏まで、至るところに本棚が設置され、その量たるや市内の公設図書館顔負けだった。寛一をからかう美佐までが読書家であったから、何万冊という書物・雑誌がひしめきあい、話題の新刊も次々入って来るので、おかげで、キヨは後々本を買うことは少なく、本代をずいぶん倹約することができた。

翌日、美佐に紹介されて対面した友田よしは、顔の造作は雛人形のようにやさしいのだが、輪郭が四角、肩が四角の戦車のような体型で、いかにも頑丈そうな五十がらみのおばちゃんだった。「徹夜があっても全く苦にしない」とかで、軍人のように言葉を切って話し、男ものの腕時計をしている。

美佐によれば、物事を手際よくパッパッと処理しないと機嫌が悪くなるとのことだが、よしの下で働いてみると、指示通りに従って夢中でいるときは決して文句を言わない人だった。その代わり、美佐には遠慮なしで、「あんたが達者なのは食べる口と話す口だけ。無駄に手足がついとる」などと言いたいことを言っていた。

「一に仕事、二に仕事」の友田よしの生き甲斐は、寄席通いと、〝活動写真〟と呼ばれた映画で、新しいスターや流行への目配りや蘊蓄《うんちく》には美佐も一目置いていた。美佐は『青鞜』『女人芸術』などの女性誌を熱読し、新しい女性の生き方にも共鳴する都会的なインテリ層であり、キヨがまごつくほどに次から次へと新しい本を届けてくれた。

「ちゃんと若い女性向きの本、選んであるよ。本も食べ物も同じや。ちょこっと見て、いやだったら止めればいい。おもしろかったら儲けものやな。言葉は生涯の伴侶となる。亭主より何ぼかましやで」

第一次大戦後の日本経済は活況を呈し、造船業・繊維業・製鉄業等の近代産業が伸展したのと同時に、都市を背景にした大衆文化が一斉《いっせい》に花開いた。名古屋でも中区では文明館、電気館、太陽館、世界館、常盤座等の常設活動写真館が続々と開館していた。

しかし、大正七、八年頃から再び米騒動や労働争議に伴う暴動事件が全国的に広まり、時代閉塞による暗雲が垂れこめて行く。

こうした時勢のなかで、キヨは、美佐たちと三人で忙しい仕事の合間を縫って活動や芝居や寄席へ度々出かけて行った。あんみつ屋などで時を忘れて話しこんでいると、心地よい興奮を味合うことがあった。

友田よしが「遅れてきた青春や。遅咲きの薔薇なんや」と言うと、美佐が「遅れてないわ。早すぎただけや。何度でも行ったる、キヨちゃんはこれからや」と真顔で言った。

大正十二年には関東大震災が起こり、首都は壊滅的な打撃を受けた。

大正十四年には、普通選挙法が成立し、身分や財産によらず成人男子すべてに選挙権を与えた普通選挙が実現することになる。

婦人の参政権は認められず、生活貧困者の選挙権も認めないなどの制約があったが、時代は大きく変わりつつあった。

震災で鉄道が被害を受けたこともあって、「自動車」が陸運手段の主役となった。

東京、大阪、名古屋ではラジオ放送が始まり、新しいメディアは社会に刺激を与え、庶民には縁の薄かった洋食屋やカフェ、レストランが一般化し、美容室、ダンスホールなども珍しいものではなくなり、都市の生活は近代社会へと急変貌を遂げて行く。

キヨにとっては友田よしの下で働いた五年間とそれ以前の生活を比べると、同じ自分の人生とは思えないめまぐるしさだった。二十六歳で産婆学校を卒業し、資格取得した後は、キヨは師へのお礼奉公として友田産院にそのまま勤め続けることになった。

友田よしには仕事の上だけでなく、生活の楽しみや価値観の上でも多大な影響を受けたが、それは一つにはキヨが「自分はもう結婚はしないもの」と思い込んでいたからである。生涯独身を通すつもりだった。キヨの結婚生活は、思い起こしただけでゾッとする毎日だったのだ。

キヨは産婆の仕事が好きで、新しい生命の誕生に生き甲斐を燃やすことができた。仕事の経験を深め自信を持つにしたがって、案山子和尚の言った「わしらの仕事は〝おくりびと〟じゃが、あんたらの仕事は〝むかえびと〟じゃ」という言葉の真意を理解するようになった。

木曽の太公望

友田産院は玄関口と診察室、三人を収容する合い部屋が一つの施設だった。通院患者は市内の人がほとんどで、近郊の農村や都市の患者は入院するならわしだった。

ある晩春の午後、キヨが外から戻ると聞き覚えのある話し声が合い部屋から聞こえて来た。聞くと、犬山町の青山牛乳店の娘だと言う。

名古屋と犬山では電車で一時間半ほどの隔たりだが、言葉は微妙に違うのである。

「犬山の人じゃとすぐわかったよ。私と同じ言葉が聞こえてきたから。なつかしいわ、とても」

青山牛乳店の娘は千代と言い、町内の吉野写真館に嫁ぎ、今回が初産だと言う。千代の方でもキヨが犬山の人であることを喜んだ。

「急に気が楽になったわ。初産で緊張してたの。それで早めに入院したの」

「心配ないから大丈夫。ベッドが空いてるから個室と同じよ。まあ、〝温泉〟に来たと思ってね。入院すると上げ膳据え膳で、寝てばかりじゃろ。こんなにいい思いしたことないなんて言う嫁さんもいるよ。でも千代さんの家の人たちはみんなやさしいね。挨拶したらわかるわ」

キヨは千代と顔を見合すたび、短い会話を楽しむようになった。

数日後、千代のベッドの傍らにドテラを着た背の高い男が立っていた。足もとには牛乳十本と拳骨飴の袋が置いてある。千代が何か話すと、男は「ああ」とか「そうだ」と言っているだけで、キヨが椅子を持っていってすすめると、男は顔を赤らめ、「拳骨飴」の袋をキヨに渡し、ペコリと頭を下げた。その様子がどこか子どもっぽく、キヨは飴を手に持ちながら笑いが止まらなかった。

「さっきの人、おもしろい人ね。家の人？」

「兄《あに》さんです。私の」

「千代さんは小柄でかわいらしいけど、お兄さんは大きい人ね」

「ふふふ。ほんとは腹違い、なんて。兄さんは〝ブコツモノ〟なんですよ」

「〝ブコツモノ〟？　どうしてさ」

「自分でそう言うんだから。三人兄弟の長男で私と妹が下だけど、兄さんだけ雰囲気が違うのよ。ふだんからあの調子だからあんまり話したことないもの」

「ははは。おかしいね。あんまり話したことないの？」

「兄さんは興味があることは、けっこうしゃべるの。小学校の校庭で町の子どもたちと野球やったりすると、大声で怒鳴ってるわ。で、帰って来ると口もきかないし、気が付くと山に入って釣りをしたりしているの」

「どうして、山に入って釣りするの。木曽川でいいじゃないの？」

「川釣りなので上流が好きみたい。でも兄さんは、たいていは手ぶらで帰ってくるんだよね」

「ふふッ、そんなに釣れないものなの」

翌日、またその男が見舞いに顔を出していた。

キヨは昨日と同じように椅子を出して挨拶をした後、

「山に入って釣りをするそうですね。上流の方が釣れますか？」とお愛想を言うと、

「はー、そんなには釣らないです。釣っても川に放します」

とキヨには要領を得ない口ぶりである。

「山の中に、お弁当を持って行くの？」

「食べものは持っていきません。酒くらいは持って行きますが。でも、米と味噌を持っていけば、春から秋の初めころはそのへんの葉っぱは大概食べられます。寝るところはその気になれば枯れ草や小枝をひいてジャンパーを置けばベッドになります」

「へー、山伏みたいな話だね。何を釣るの」

「ヤマメとかイワナとか……。釣れなくてもいいんじゃ。酒持って行って川を見ていれば。水の中からは、魚の方も俺のこと見ている」

「ふふッ、釣りを〝サカナ〟にお酒を飲むの。ぼんやりしているのがいいのかね」

「家にいても、ぼんやりしているって言われるが……」

「わはは。あんた、おかしな人だね」

とキヨは笑いながらその場を立ち去ったが、モサッとはしているが第一印象よりも明るい感じの男だった。話の中身は偏屈そうだが、口ぶりはアッサリして気むづかしい感じはなく、腰も低い感じである。


男はその翌日も病室を見舞いに来て、「犬山城下の本町通りで牛乳屋を営む青山定吉です」と今度はなぜか、直立不動で正式に自己紹介をした。

その晩、キヨが千代のいる病室を訪れると、よもやま話で定吉の噂話が出た。


他に入院患者はいないのだから気楽なものである。

「魚は釣らないって言ってたよ。川を見てお酒飲んでるって。」

「独りものだから、兄さんは。腕はいいの。食べる人がいればちゃんとたくさん持って帰ってくる人よ。いつも一人で飲んでるから、……兄さんは、運の悪い人なんです」


定吉は二十四歳で近在の農家の娘と所帯を持ったが、嫁は肺病を患い二年目に他界した。「何もしてやれなかった」と言って悲しんだ定吉は、それからさらに釣りや酒に深入りしてしまった。家業は牛乳屋の他に駄菓子屋もまかなっているので、そこに来る子どもたちと相撲をとったり野球をしたりしてよく遊んでいる。それが定吉の気晴らしで、山へ入るのは年に数回しかなく、働き者で仕事は休まないと言う。

「キヨさん、兄さんをどこかにあそびに連れていってくれない？」

「どこかって、どうしてさ？」

「兄さんが毎日やってくるのは、キヨさんのことが好きなの。でも兄さんは、女の人と付き合うなんてこと知らないしね。前の結婚も、顔も見ないでして、大事にしたんだけど病気されてさ。キヨさんのことが好きといっても、ただやってくるだけで挨拶をしてそれで終わり。それくらいなの、あの人は。〝裏も表もない〟のよ。〝真ん中だけ〟があるの」

「〝真ん中だけ〟がある？」

「真っ直ぐ立ってるウドの大木さ。どうしたらいいか、わかんないし、考えてない人だからね。あたしが退院したら、キヨさんの顔も忘れて、山へ入ったり、子どもたちと遊んでいるよ。よかったら、一日だけでも、どこか連れ出してくれないかなあ。それだけでいいの」

「わたしだって何も知らないけどさ。……でも、〝真ん中だけ〟って感じはわかるよ。わたしも〝真ん中〟だけさ。嫁ぎ先を逃げ出して、男のことも世間のことも、よくわかっていない女なんだ」

千代が男の子を無事に出産したその一ヵ月後、定吉とキヨは熱田神宮の深い森の中の参道を歩いていた。

五月初旬の午後三時。八重桜が散りかけの頃で、人影一つないがらんとした広い砂利道がどこまでも長く続き、青葉若葉の並木の囁きの向こうにはトンネルの出口のようにうっすら光が白く霞んでいた。

「何もないなあ。茶店のようなものがあるといいなあ」

「もう少し歩くと、ずっと遠くの方に〝甘酒あります〟の赤い旗が出てくるわ。大須観音の方に行けば、活動小屋がいくつもあるの。あっちの方がよかったかもしれないね」

「ああ。東京の浅草と同じくらい賑わってるとか。おらは盛り場へ行くと、酒飲みたくなっちゃうから、こっちの方がいいな。甘酒なら酔わんしなあ」

「酔うと、どうなっちゃうの？　暴れるの？」

「眠っちゃうんだ、おら。目が覚めたら、キヨさんと会ったことも忘れとるだろな、きっと」

定吉は「千代が退院した後も会ってくれないか」という言葉が喉に詰まってなかなか出てくれなかった。一言、二言話すと、黙り込みがちになって困っている定吉を見て、キヨは助け舟を出したいところだが、今日は不思議と、自分まで緊張して言葉が出てこないのである。

「……おらは牛乳の味が苦手での。後味がだめなんや。それなのに、牛乳屋やっとるわ。キヨさんは、牛乳嫌いかね？」

「そんな高いもん、嫌いか好きか、考えたことないわ。牛乳屋が嫌なの？」

「仕事は嫌じゃない。朝の配達は三時半起きじゃが、朝やけの犬山の町や木曽川を見て牛乳瓶鳴らして自転車で走るのは大好きじゃ。でも、本当はな、おら、学校の先生をやりたかったんじゃ。子どもと遊ぶのは楽しいからな。でも、勉強嫌いだからな、おらは牛乳屋でええと思うとる」


定吉が隣りで小さな笑い声を聞いた、と思ったとき、キヨが急に足を止めて、定吉の方を振り返り、日焼けした顔をまじまじと覗きこんできた。

石のような坊主頭、狭い額と濃い眉毛、平らな鼻。その中で、目だけ子犬のようにつぶらに光っている。


「な、何ね。どうしたんや。何か、ついとるのか、キヨさん！」

「ついとらん。目だけぽつんとついとる。あたしは、前の亭主の顔はろくろく見んで、訳もわからず逃げてきた。そやから今度こそは、よーく、よーく、あんたの目の奥の奥まで見てみようと思ったのや」

「……　……　……」

「はよ、甘酒、行こ！　あんたは合格や！　……わたしの、大事な人や！」

青山牛乳店・助産院

梅雨明けの七月二十日、キヨは定吉の母親に会いに久しぶりに犬山の町を訪れることになった。定吉の妹千代が無事女の子を出産した約二カ月後のことである。

犬山は「尾張の小京都」と言われる歴史ある町で、市内の西半分は平地、東半分は山地で占められている。戦国時代には織田氏の所領となり、江戸時代には尾張藩付家老である成瀬氏の城下町として発展し、国宝犬山城とともに当時の町割りが色濃く残る〝時間の止まった〟町である。

夏の日差しが本町商店街の瓦屋根にカッカと照りつけ、白い路面には町屋造りの民家の連なる影が黒く落ちていた。列車が駅舎に近づくと、野球選手のように日に焼けた定吉が麦わら帽を大きく振っている。

到着時間は知らせてあるのに、一時間も前から改札で立っていたと言う。

「夜はおふくろが支度して待っとるけ、昼は『迎帆楼』へ行って来いって」

「あんな高級なとこじゃなくても。うどんでいいのよ、わたし」

「『迎帆楼』はおらの大事なお得意さんじゃ。おらも食事するのは初めてじゃが、こういうことでもなきゃ入らんからね。」

「迎帆楼」は地元で古くから親しまれた木曽川河畔の高級老舗旅館である。

「どんなもんが食べられるじゃろね」

「今の時期やったらやっぱりアユやらなあ」

「今夜は、あんたの釣ったアユがたくさん出るって言っとったが」

「ああ。そうやなあ。……別のもの出してもらうよう頼んでみるわ。そうやなあ。おら、昨日は三十匹も釣って、丹桂寺さんにもあげてきたんじゃった」

「ふうん。一度は行くとこやしな。わたしも行くのは初めてじゃから」

「迎帆楼」の前まで歩いて行くと、顔見知りの半纏姿の番頭さんが「やあ！」と大声で呼んで駆け寄ってきた。

「今日はお客さんやな。サービスするで。あんたがキヨさんか……」

「はあ。宜しくお願い致します」

河畔に向かう見晴らしのよい部屋に通されると、木曽川の清流の向こうに遠く濃尾平野が開け、薄紫に重なる奥美濃の山々や鈴鹿連峰を見渡すことができる。

「川はええなあ。いつ見ても、心が静まるわ」

「今度、上流の方へ行こうな」

心豊かな良き時代かな、犬山白帝城下町の本町通り繁華街、なんとなくのんびりしてるか、それともゆとりかな？

キヨは対岸の広い川原の方へ目を向けた。あそこで、案山子和尚に呼び止められなかったら、今、自分は定吉の隣りにはいないのだと思った。

木曽川は、長野県から岐阜県、愛知県、三重県を経て伊勢湾に注ぐ木曽川水系の本流で、長野県木曽郡木祖村の鉢盛山を水源とし、南西に流れている大河である。鳥居峠西側を南に向かって流れ、御嶽山から流れ来る王滝川を合わせた後、木曽の桟や寝覚の床などの渓谷を形成しながら岐阜県に入り、さらに流れを西に変え、濃尾平野東部に出て町と可児町の境界で飛騨川と合流する。

「さっきなあ、何で挨拶する前から、番頭さん、わたしの名前知ってたのや？」

「前に聞かれたから話しておいたのや」

「へんな男やな、あんた。そんなん、手回しせんでええ。はずかしいわ」

キヨが犬山の町をしみじみ見るのは十年ぶりのことである。

盆と正月には戻って来たが、家の中にいるだけで町に出ることはなかった。いい思い出がなく、何かの拍子に離縁した前の家のことが胸に刺さってくる。しかし、今回はのんびりした定吉が横にいてくれるので、犬山の町や川の眺めがやさしく感じられるのだった。

『郷土読本犬山』によると、犬山という変わった名称の由来は「犬を使った狩りに最適だったこと」、「平安時代の山間部の呼称である〝小野山〟から転じたもの」、「大縣神社の祭神大荒田命が犬山の針綱神社の祭神の一人玉姫命の父にあたり、大縣神社から見て犬山が戌亥の方角になることから、〝いぬいやま〟が転じたもの」の三説あるそうだ。

「和尚のところは明日、午後から行こうな」

「史さんに会えるの、うれしいな。大好きな人や。犬山を出るとき、着るものまでくれて」

「そうか……」

あのとき、和尚が渡してくれたノートでキヨは日記をつけはじめ、文字を知り、仕事の覚書をつける習慣を持ち、本や映画の感想を書きつらね、それが二十冊を数える大きな財産となった。なぜあのとき、思いきった行動をとることができたのだろう。

キヨが何か言おうとすると、前をずんずん歩いていった和尚の古武士のような背中が浮かんできた。

「案山子和尚は、激しい人でなあ。人間、顔だけで判断はできんもんやなあ」

「そうか……」

——大正十五年八月五日。木曽川のほとり、愛知県犬山町丹桂寺で、身内だけが集まるささやかな祝儀が行われた。

媒酌人は杉浦医院院長・杉浦寛一、妻・美佐。新郎青山定吉は三十三歳、新婦キヨは三十四歳。一つ上の姉さん女房である。

その一カ月後。キヨは定吉の犬山の牛乳店の隣りに助産院の看板を出した。

「自分の助産院が持てるなんて、夢にも思わなかった。あんたのおかげやな」

「おらの牛乳と、キヨさんが出してやる母乳はつながりがあるんやな」

「ばかばかしい。あんたの頭の中ときたら、どうつながってるのや」

定吉と二人で店の前に並び、顔中ニコニコ笑みを浮かべて看板を見ていると、

「あんたら、小学一年生みたいに見えるで。ええなあ」

と定吉のおかあさんが目を細めて、やさしい口調で冷やかした。

「中古かて、新婚気分はあるんやで」

と定吉は言い、キヨの肩に手を回そうとして突き返された。

「調子に乗らんといて。新しい契約でもとって来なさい」

定吉は配達はさぼらないが、新規契約をとることは苦手で営業面ではずぼらな方だった。

「定ちゃん、うちも牛乳とろか」

と犬山の人たちの方で気を回しくれ、得意先を広げてきたのである。

だが、この頃では逆に、牛乳をとってくれる家が一軒、一軒と減って行った。

第一次世界大戦で好況を得たのも束の間、大戦後は諸列強の生産力が回復し、輸出は減少し

て早くも戦後恐慌をきたし、昭和二年には金融恐慌、昭和四年には株価の大暴落による世界恐慌が引き起こされ、深刻な不況が人々の生活を圧迫し続けたのである。

そして、昭和十二年には、盧溝橋で日中両軍が衝突し日中戦争（支那事変）が始まり、戦線の拡大に従って、国民・国力の全てを戦争のために投入し総力戦を行うために「国家総動員法」が成立した。

第一章　命・息ひとつ

軍靴の音の高まり

日露戦争の勝利により、日本は中国の南満洲（現在の中華人民共和国の東北部）を半植民地として占領していたが、第一次世界大戦後には、欧米諸国や日本による植民地分割に抵抗する中国の民族運動の勢いが急激に増していった。

昭和六年の満州事変から、昭和二十年の終戦に至るまでの十五年戦争は、「大東亜戦争」と呼ばれ、日本国側に三百万人以上、相手国側に二千万人以上の犠牲者を出し、昭和初期から戦火は各地に燃え広がっていった。

大東亜戦争は、「欧米帝国主義のアジア支配から解放するための〈聖戦〉として日本軍が定義づけた戦争」のことで、戦後はＧＨＱによってこの語の使用は事実上禁止され、「太平洋戦争」という呼称に置き換えられている。

昭和三年、中国国民政府による国家統一が実現し、国権回復運動が強化されると、満洲における日本の権益が不安定になった。そのため、関東軍は謀略により「満州事変」（昭和六年）を引き起こし、中国との全面戦争へ突入して行ったのである。

昭和七年には海軍の青年将校らが総理大臣官邸に乱入し、内閣総理大臣・犬養毅を殺害（五・一五事件）、昭和十一年には陸軍青年将校らが一四八三名の兵を率いクーデター未遂事件（二・二六事件）を起こし、日本は天皇を中心とした軍備増強路線を足早に拡大して行く。

昭和八年には国際連盟を脱退、ワシントン会議等の軍縮条約を破棄し、国際的孤立化をますます深めて行った。

そして、昭和十三年（一九三八）、政府は戦争に必要な人員や物資を確保するため、挙国一致の体制として「国家総動員法」を公布、これにより戦争の長期化は必至となった。

「国家総動員法」は、戦時に際して国家が人的・物的資源を統制、動員できるもので、軍事、政治、経済、科学技術等すべての国力を動員し、戦意高揚のスローガンの下、学生や女性や子どもまでを労働力として徴用し、銃後の国民としての自覚を促すというものである。

戦地の兵士たちや負傷した人びとを思いやり、支えることも、「銃後の国民の勤め」とされ、戦地へ慰問文や慰問袋を送ることや、働き手が出征してしまった農村へ勤労奉仕に行くことなどが義務づけられ、女性は〝生めよ殖やせよ〟政策の下、「人的資源」確保のために出産が奨励されることとなった。

国民の多くは生活のあらゆる局面で戦争への協力を強いられ、深刻さを増していった。

そして、戦争が長期化するにつれ、国民生活もますます貧窮の度合いを深め、物資の不足を招くようになった。

昭和十四年（一九三九）、周辺諸国の併合・領土獲得を推進してきたドイツとソ連は独ソ不可侵条約締結後にポーランドに侵攻し、第二次世界大戦が勃発する。

当初ドイツ軍は勝利を収め昭和十五年（一九四〇）にはフランスを征服、その快進撃を目の当たりにした日本は急速にドイツに接近し、「日独伊三国軍事同盟」を締結した。

これはヨーロッパのドイツと手を組み、イギリスやソ連を牽制する目的だったが、逆に米英との対立関係を深めることとなった。

日本は昭和十六年（一九四一）にソ連と日ソ中立条約を締結、日独伊三国同盟にソ連を加えようとしたが、ドイツがソ連に侵攻し独ソ戦が始まってしまった。

日中戦争から手を引けない状態の中で、日独伊三国同盟を締結、日ソ中立条約に調印したが、米国の石油対日禁輸などの包囲網により資源供給の枯渇をきたし、対米交渉を模索するが成果は得られなかった。

こうして、遂には大東亜戦争（太平洋戦争）に踏み切ることになって行くのである。

物価統制の混乱や物資不足への対応策として登場したのが「配給制度」だった。

日常生活必需品の配給制は昭和十六年二月、東京で米の配給制が実施され、全国に波及していった。

東京では同年に家庭用木炭、砂糖、マッチ、小麦、食用油が配給制となり、米の配給は昭和十六年から通帳制になり、当初は成人男子一日当り三三〇グラム（二合二勺）が基準で性別、年齢、労働の種別によって十六区分されていた。

翌年には食塩の通帳配給制が実施され、六大都市で味噌、醤油の通帳割当制も実施された。その後も配給の範囲は広がり、ほとんど全ての物資が統制下に置かれて行く。

生活必需品の絶対生産量が不足し、配給品を手に入れるための〝行列買い〟や都市から郊外（農村）への食料品の買出しの列車の雑踏ぶりは日常茶飯事となった。

昭和十六年四月には明治以来の小学校令が改正、小学校が「国民学校」と改称された。

小学校は国民が生活して行く上で必要な基礎を身につけることを目的としたものである。それに対し、国民学校は「皇国ノ道ニ則リテ初等普通教育ヲ施シ国民ノ基礎的錬成ヲ為ス」こととされ、「皇国民」の錬成を目的としたものだった。

第二次世界大戦勃発後、日本軍は昭和十七年前半まで勝ち戦を展開して行く。そして、東南アジアのほぼ全域を占領、国民は戦勝ムードに酔いしれ、戦線は一気に拡大していった。

しかし、勝利は長く続かなかった。日本軍は、同年六月にはミッドウェイ海戦で大敗を喫し、翌年にはガダルカナル島から撤退を開始、アッツ島に上陸した日本軍守備隊は二千数百名が玉砕し、マキン、タラワ日本軍守備隊も全滅する。

そして昭和十九年にはサイパン島が陥落し、日本軍は全滅した。

戦勝ムードは開戦半年後で下火となり、戦線は拡大するが敗退の一途を辿り、国民は一層物資の不足に悩まされ、耐乏生活を強いられることとなった。

昭和十九年、日本本土に本格的な空襲が開始され、国民は勝ち目のない戦いに耐えていくしかなかった。

空襲による惨禍を避けるため「学童疎開」が始まり、学生も婦人会なども工場での兵器生産などに従事し、挙国一致体制が一層強まっていったが、すでに国民は食糧も底をつき、あらゆる物資の統制下にあって闇価格の高騰に苦しんでいた。

長引く戦争の中で国民は「金持ち」も「貧乏人」も等しく、物資の不足にどう耐えて生きるか、物資の不足をどう確保するか、という貧困と飢餓の時代だったのである。

明日のあてもないその日暮らしの「貧乏人」のほうがかえって気楽であり、辛抱強く生きられる時代といってもよかった。

やさしい手、あたたかい手

青山キヨは五十代の初めに入っていた。自慢の黒髪は白髪交じりになっていた。

二十六歳で産婆学校を卒業し、資格取得後に師の友田よしの産院で四年半勤務し、夫の青山定吉の牛乳店の隣りに、「青山助産院」の看板を掲げてからすでに十七年が経過している。

犬山の町では〝青山の産婆さん〟を知らぬものはなく、町の人たちは大勢の子どもたちを取り上げた〈大母《おおかあ》さん〉と呼んで親しんでいた。

キヨの性格は定吉同様〝裏も表〟もなく、〝真ん中〟だけの人である。口は悪いがホンネしか言わない、情に厚くて筋の通った「一本どっこおばさん」として信頼を集めていた。

青山助産院は、子どもの母親が子どもの病気や育て方について、また、生まれてきた赤ん坊たちが成長しても年中顔を出したりする、「困ったときの相談所」でもあった。

キヨは産婆の仕事が大好きだったが、「仕事の方もあたしを好いてくれている」というのが口癖であった。

「雪が降ろうが、雨が降ろうが、槍が降ろうが、駆け付けるよ」

と言って、頼まれるとお金が払えない人だろうが、人里離れた農家だろうが、なんの不満も言わず、一人で飛んでいって必死にがんばったのである。

その日も真っ暗な野道を一人で歌を歌いながら歩いていた。往診先の紀藤君子の家は遠いほうではなかったが、それでも歩いて三十分以上はかかる。月も星も出ていない闇夜の村道である。鼻をつままれてもわからないほどだが、犬山の周辺ならキヨは目をつぶっていても歩ける。

三十代の半ばごろ、二里半の雪道を深夜一人で歩き続けて、到着したときは貧しい農家の老夫婦に「産婆さん、よく来たなー、来てくれたなー」といっていきなり泣きだされたこともあった。

「近頃熊が出没する」という噂で村人も夜は出歩かなかった土地なのだ。そんなときでもキヨは飄々として、

「道々、歌をいっぱい歌ってきたから。楽しかったわ」と苦にしたことはなかった。

空一面、青や金や紫のお花畑のように冬の星座が煌めく厳寒の山道を歩きながら、キヨは自分ひとりだけの歌唱発表会に夢中になった。「君恋し」、「丘を越えて」、「野崎小唄」、「うちの女房にゃ髭がある」「東京の花売娘」、「兵隊さんよ、ありがとう」などの流行歌を〝しりとり遊び〟のように思いつくままに歌い続けていると、冬の山が怖いどころか、「きっと、あたしの声に驚いてクマだって逃げ出すわ」と楽しくなってきた。

青山定吉：
のんきものだが、キヨを十分に理解し、夫婦の子供が恵まれなかったこともあり、キヨがとりあげた子供達を、みんな俺たちの子だ！と、それぞれの子供達に接する。普段は牛乳屋の店主で、通称「フンドシのおっちゃん」。

その晩も大好きな「私の青空」を繰り返し歌って、真っ暗な野道を歩き続けて紀藤君子の家に辿りついた。

　夕暮れに　　仰ぎ見る　　かがやく青空
　日が暮れて　たどるは　　わが家の細道
　せまいながらも　楽しいわが家……

玄関の前に立つと中から君子のうめき声がもれてきた。

「今晩はー。来ましたよー。大丈夫だ、君子さん」

わざといつもより大きな声で叫んでみた。四畳半と三畳と台所と玄関だけの家で、四畳半の部屋の真ん中に君子が布団を敷いて寝ていた。

「あー、あ、どうも……、すみません、あたし」

「いーから、いーから。無理にしゃべらないで。まだ大丈夫よ。落ち着こうね」

と言って、体をやさしくなでてやると、まさにその時が近づいているようだった。

初産の君子は不安でいっぱいだが、キヨの方は慌てる様子はまったくない。

「君ちゃん、順調だから、大丈夫だ。このままでいいよ。あんた、体が丈夫な人だから、おばさんも安心よ。大丈夫。ちょっとがまんして。わたし、ちょっと座らせてもらうよ」

「おばさん、お茶がありますから、飲んでください」

「あんた、そんなことまで心配せんでいい。こっちでやるから」

しかし、一時間程しても同じ状態が続き、なかなか生まれてこない。

「おばさん、だいじょうぶかしら」

「まあ人によっていろいろよ。心配せんでゆっくり構えような。今か今か、と言って、それからが、遅い人もおるからね」

耐えがたい苦しみからか、君子は涙を流しながら、

「おばさん、この子はかわいそう。だって、せっかく生まれてくるのに、父親が戦地でいないなんて……」

戦時下の冬である。子供が授かったと同時に「赤紙」と言われる召集令状が届いた夫婦も珍しくなかった。夫は出征して軍隊にとられ、父親のない子のように生まれてくる赤ん坊をキヨは何人も取り上げた。

紀藤君子もその一人だった。子供を宿したと知ったときには、夫は遠い南方の「戦場の人」となっていた。

「生まれる前から、そんなこと嘆いちゃダメよ」

陣痛が君子の不安を駆り立てていた。呼吸が苦しさを増し、今まさに生命が誕生しようとし

ている。

「お父さんが、ここにいない、なんて……」

「がんばれ、がんばれ。かわいそうなんて、生まれてくる子に悪いよ。母と子は別々の人生を歩むんだ。赤ちゃんだって、生まれてきたら、がんばってやっていくのさ。」

「おばさんの言うとおりだね。あたし、おかしいね」

「がんばりなさい。もうすぐ、もうすぐ。きっと玉のような子が生まれてくるよ。旦那は元気で帰って来るから、大丈夫さ」

　出産は寸前に迫っていた。キヨのほうも緊張してきたが、新しい「生命」の誕生に立ち会うために妊婦の呼吸の波と一体となって苦しみに耐え、やがて何度かの大波を乗り越えて女児の命を取り上げた。

　君子の傍らに敷いた小さな可愛い布団に顔だけ出してあげると、赤ちゃんはすやすやと寝入っている。

「おお、いい子だ。きれいな子だよ。君ちゃん。あんたに似て美人だ」

　そう言うとキヨの目にも涙があふれてきた。「むかえびと」には妊婦の苦しみ、悲しみまでが乗り移ってくるのである。

「おばさん、ありがとう」

「君ちゃん。よかったね。これで安心して、お国のために戦地で働いている旦那さんに報告できるよ。こんなかわいい女の子見たら、大騒ぎするだろうさ」

君子は目を輝かせてうなずき、誇らしげに赤ん坊の顔を見た。もはや、先ほどまでの不安の影は露すらもない。キヨは赤ん坊の小さな握りこぶしを君子にさわらせて、

「この手の力、すごいだろ。赤ん坊は生まれたときからみんなこうやってしっかり握っているんだよ。神様からいただいた幸せを握ってるのさ。幸せを放すもんか、不幸になってたまるもんかって握ってるのさ。ほらほら、この子の力はまた、特別だよ。」

戦地にいる夫に生まれて来た子を一目見てもらいたいと君子が願ったのは無理もなかった。二人の結婚は双方の両親の強い反対を押し切ってのことだったので、今夜の初産も肉親の一人として見守る者もないさびしいものだった。

「わたしは当分毎日来るからね。心配いらないよ。遠慮することないからね、早く元気になんなくちゃ。うちの亭主に毎朝牛乳届けさせるからさ、栄養つけて赤ん坊のためにいいお乳を出すんだよ」

「おばさん、本当にありがとう。……こんなによくしてもらって」

君子はどうしていいかわからず泣きだしてしまった。

「あんたが泣いたら、赤ん坊が泣けなくなる。泣くな、泣くな。赤ん坊の立場も考えなさい、

君ちゃん」

キヨに冗談を言われても、君子はぽろぽろ涙があふれ出てきた。

泣くのを止めようと歯をくいしばって天井を見つめると、土色の暗い杉模様の板が波打って海の底にいるような気持ちになる。

この海の向こうで、戦地の夫の修一は何を思っているのだろう。

気がつくと、少しうつらうつらしたようだった。

「どうかな。だんだん落ち着いてくるからね。赤ん坊を産んだあとは、深い安らぎにつつまれるのよ。いい子を産んだあとは、みんな誇らしい気持ちになって安心するんだよ」

産婆さんに言われた通りだ。〝さっき泣いていたカラス〟がもう笑っている、と自分でも思い、君子はおかしくて目をつむったまま何度もうなづいた。

不幸の暗い影は流れ去って、明るい空が胸に広がって行く……。

――これが女の幸せというものなのか、と君子は思った。とめどなくやさしい微笑が浮かんでくるのである。

「君ちゃん、今、とてもいい顔しているよ。鏡を見せてやろうか。ほら。それが女の顔というものさ。あんたは心から母親になったんだよ」

「おばさん、こんな満足した顔、自分でも初めて……」

「それが本当のあんたの顔さ。あんたは自分に出合ったのさ。その顔を忘れちゃいけないよ。これから先、どんなつらいことがあってもその自分さえ忘れなければ、子どもはちゃんと立派に育って幸福な子になるんだよ」

キヨは後片付けがすむと、赤ん坊の隣りに布団を敷いて川の字になって眠った。疲れがどっと押し寄せてくる。そのときのほどけていく心身の状態が、キヨはいつも好きだった。

夜明け前、玄関のガラス戸をがんがん叩く音がした。木曽川河畔の冬の夜明けは伊吹き下ろしにさらされ、立っているだけで身も凍る。必死で訴えるような、しわがれた叫び声が聞こえてきた。

「君子、君子！　わたしだ。わたしだよ」

「あ、かあちゃんだ……」

キヨが急いで起き上がって玄関の戸を開けると、ありったけの衣服を重ね着した小さな老婆が白い息をハアハア、ゼイゼイ吐いて身を震わせている。

「あれあれ！　おかあさん。こんなに早くに」

「産婆さんか。おはよう、おはよう。お世話になります」

「おはようさん、遠いところをね、よく来たな。さあ、早く上がって、いい子が生まれましたよ」

「も、もう、生まれたか？」

「女の子だ。二人とも、元気よ」

君子は「かあちゃん」と言うなり、また泣きだしてしまった。

キヨはすぐに赤ん坊を抱えて母親の前に差し出した。

「ほーら、べっぴんさんだ、ほーら、おばあちゃん」

母親も泣きながらその子を大切に抱きとって、

「あー、よかったな、あー、いい子だ」

「君ちゃん、頑張ったヨ、おかあさん」

母親のハナは、昨日連絡を受け取った時は、父親に反対されたが、今朝は居ても立ってもいられず暗いうちに飛び出してきたのである。

「うんうん、がんばったなあ、……ああ、べっぴんさんだ。君子が生まれた時とそっくりじゃ」

「かあちゃん……ありがとう。来てくれてよかった」

「お父さんはな、ほんとうは許しているからな。娘の幸福を願わない親なんていないさ。わたしが家を出るときも、寝たふりしてな。引っ込みがつかんのさ。お父さんに早くこの子を見せなくちゃな」

二人の和解の場に立ち合ってキヨまで心が洗われたような気持ちになった。

「そうだよなあ。お父さんだってそりゃうれしいさ。赤ん坊は天から降りて来たんだよ。反対なんて誰もできないよ、おかあさん」

「はい。本当にありがとう。産婆さんに取り上げてもらって、君子は幸せです。それで、わたしが出ようとしたら……鞄の上にこれが」

ハナが差し出したのは、二枚の半紙に筆で「命名　喜久雄」「喜久子」とある、二百円が入った封筒だった。

君子は床の中から「喜久子」と書かれた半紙をとりあげて天井を見つめた。

「いい名前ね。わたしは好きだけど……」

キヨは笑いながら、

「おかあさん、まだ決まったわけじゃないから。旦那さんも見てないし、みんなで相談しないと」

と母親を少したしなめた。

ハナの耳にはもうそんな声も届かず、赤ん坊に指を握ってもらっている。

「あ、あたたかい。やさしい手だ。しっかりした子だ。喜久子は」

キヨは出産までの世話のなかで、君子が夫にも両親にも気づかって一人で苦しんでいたことをよく知っていた。

「おかあさん、赤ちゃんは指放さないだろ」

「強い力じゃねえ。それでいて、ふんわりしたやさしい力だね」

「赤ちゃんの約束げんまんさ。幸せになるよって約束さ。命は神様の贈り物だよ。みんなで約束して大切にしてあげようね」とキヨが言って〝指きり〟の真似をすると、君子とハナがつられて笑い出した。

「そうだなあ。この子は何かしゃべってるんだ、きっと」

ハナが枕元に顔を近づけて神妙に言うと、君子はうれしそうにうなづいた。

「幸せになりたい！　ってしゃべってるんだって。かあちゃん」

赤ちゃんが握りしめる強いやさしい力。生まれ出てきたときの母との最初の指きりは、幸せになるよという「最初の誓い」である。キヨは〝むかえびと〟の仕事を通して、それが人間の神聖な真実であることを肌身で知って感じていた。

犬山の大母さん

昭和十九年三月。春まだ浅い木曽川の流れの上に、赤や黄や橙に彩られた織物のような朝焼け雲が広がって、遠い山なみが青や紫の遥かな重なりを見せている。

夜が明けたばかりの町並みを黒い鉄製の自転車に牛乳瓶の箱をぎっしり詰め込んで鼻歌まじりで配達する頑丈そうな男がいた。青山定吉、五十一歳。犬山町本町通りで牛乳店を営むキヨの亭主である。

「石田さん、おはよう。おはようございます」

「ああ、青山さんか……おはよう」

そう言って家の中から出てきた老婆が泣きはらしたはれぼったい目で弱々しく挨拶した。

「『忌中』の張り紙を見て驚きましたがな。どなたさんですか?」

「健がな……、孫がな……」

「えっ、健が……どうしたんか、元気にしとったに」

「じ、自決したんや」

「なんでや。どうして? いったい、何があったんや」

「工場で、へまをやってしもうたんや……」

それきり、声も出ず泣き崩れている。

「へまって何や。ど、どしたんや」

戦局が厳しさを増した昭和十九年には、物資の不足で配給制が強化され、国民生活は厳しさを増していった。

少年たちは「学徒通年動員」として集められ、軍事工場で働かせられたが、不良品を出すと、物資は天皇陛下からの賜り物と将校や班長から倒れるまで殴る蹴るの徹底した暴行を受けた。

「鉄のひとかけらは人肉の一塊よりも貴重なり」の時代だった。

健は、軍国少年の鑑のような少年で、しかも班長格だったため、責任の重さを痛感し、その夜、仏壇の前で兄のかたみの短刀で自害を遂げた。

健の兄で海軍航空兵の博も、前年の暮れに南方戦線で特攻隊として敵艦に散華していった。

定吉が案内を受けて家の中に入ると、健が果てた三十畳の部屋は血痕が生々しく一面に飛び散っていた。介錯がない割腹では身を引きずって苦しみのたうちまわったのだろう。

定吉は石田家の外に出ると、腰が抜けるほど力が抜けて一目散に店に引き返した。

配達どころではなかった。健もその兄も、キヨが取り上げた子で、青山定吉・キヨ夫婦にとっては我が子も同然だった。

「おい、キヨ！　戻った」

「あら、どうしたの、いったい、青い顔して」

「健が死んじゃった、石田さんの健が死んだ。腹切りおった」

「えっ。何で?」

「軍事工場でへまやってしもうてな、責任とって、腹切って自害したんじゃ」

「……ついこの前、健の兄ちゃんの博が戦死したばかりじゃ」

キヨはへたへたと座り込んで、あとは声も出ず、俯いて体を震わせた。

涙がぽろぽろこぼれて、止まらずにもんぺにぽたぽた落ちる。

定吉は暗い顔で歯ぎしりして悔しがった。

「二人共、おまえが取り上げた子じゃ。健も博も、わしらの子だ」

キヨは声が出ない。震えがとまらない。何度も何度もうなずくだけで精いっぱいだ。

どうしようもないとわかっているので、二人共に下を向いたきりだったが、しばらくして、遠くを眺めるように、

「あの子は古知野の滝実学校へ行ってたのう。利口な子だったのう……」

と定吉が言うと、キヨも呆然とした顔で、

「……神様は、いるのかね。神様がいるなら、なんでこんなむごいことをして、見て見ぬふりをするのかね。毎日毎日、人が死んでいく。内地でも外地でも。サイパンでも、レイテでもみんな犬死にして日本軍はいまに全滅じゃ」

「おいっ。そんなことは言うな。外にもれて聞かれたら大変じゃぞ」

「大変だから、大変でいい！　ふざんけんな、若い命を。健なんか、このまえ生まれて来たばかりのようなもんさ。生真面目で、まっすぐな子で、悪いことは何一つしとらん。それが何で、どうして死ななくちゃいかんのか」

キヨにとって自分が取り上げた命は自分の命も同然である。やり場のない怒りと悲しみで、

自分まで血だらけになって苦しんでいるようだった。

君子のように貧しい家の娘であろうと、健のように恵まれた家庭の息子であろうと、誰であろうと、キヨは分け隔てなく精一杯に世話をして神が与えてくれた命の重さを大切にしてきた。

子どものいないキヨと定吉にとって、そうして生まれて来た命はすべて「わしらの子」であり、天からの授かりものだった。

だから、町の人たちは、キヨのことを産婆さんとは呼ばずに、産婆さんのお母さんだから、「大母《おおかあ》さん」と呼んでいた。

「お父ちゃん、わたし、どうしていいかわからん。苦しくて苦しくて、自分まで腹を切ったような気になってきたわ。生めよ殖やせよって、いったい、わしらのしていることは本当にお国のためになっているのかね」

「おまえはむだなことはしておらん。わしら、君子の目を見たじゃないか。あの娘の幸せな生き生きした目を見たじゃないか。それでいい。できることをすればいい。今の世は、そうするしかないんじゃ」

定吉はこれ以上はないというほど真剣な目で、放心しているキヨの目をにらみつけた。

それはいつか熱田神宮の森でキヨが見たときのあの真っ直ぐな黒い目である。

菜の花畑の空襲

水野大介は水野家の長男として大事に育てられたが、生まれつき体が弱かったので、母親の歌子はそれをたえず気にかけていた。

風邪をひいたり腹痛など起こして寝込むことがあると、物資が不足した食べ物のない時代に無理をしてでもゆで卵やバナナ等の好物を食べさせようとした。

それを見ていた三つ違いの弟は、わざと寒い日に薄着で外へ飛び出して、風邪をひくこともあった。「病気になれば贅沢ができる」という時代があったのである。

大介の父・水野実郎は、大東亜戦争後期の昭和十九年、陸軍航空隊の基地として建設された小牧飛行場（戦後は米国進駐軍により接収されたが、後に接収解除により民間空港として再出発）で軍事用航空機のエンジンを製造する工場を経営していた。

戦前は名古屋が日本の飛行機製造の一大拠点だったのである。軍事関連機器の製造から創業したという会社は少なくない。好況で経済的には安定していたが、軍事工場が集中していたことで戦争時は頻繁に激しい空襲にさらされた。

当時の日本で最も激しく空襲を受けた都市は、名古屋市であった。

日々戦況が悪化し、負け戦の様相を呈するなかで大介は、「兵隊さん」に憧れ、学校でも毎日「ササゲツツー」を行ない、天皇を敬い国家に忠誠をつくすような軍国少年だった。

敗戦直前の昭和二十年の四月、大介が小学二年の八歳の時、一面見渡すかぎりの菜の花畑の農道を級友四人で歩いていた。

四人というのは、杉村、武男、鈴木、大介のわんぱく四人組である。

その日は、授業二時間目に警戒警報が発令されて学校から早退するように言われていたが、四人の姿が菜の花畑に入りかけた時、背後の空から爆音が猛スピードで迫ってきた。振り返ると鷹のような戦闘機が四人の後方上空に翼を広げていた。

軍機がピカッと光った一瞬の出来事である。

大介が咄嗟に「ふせろ！」と叫び、四人ともあわてて菜の花の中に突っ込むように身を隠したが、その途端、バリバリバリ！と空気を破るような強烈な銃弾音が轟き渡った。

畑の土の塊が蹴りあげられたように飛び散り、周囲にふりかかった。

恐ろしさで体のふるえが止まらず、目をしっかり瞑るのが精いっぱいだ。

どのくらいの時間がたったかもわからなかった。ふと音が止んだと気づいたとき、大介のそばで「痛い！　痛い！」と鈴木が大声で泣き叫ぶ声がした。

大介が、鈴木を抱き起こそうと腕に手をかけると、ヌルッと生温かい感触がした。左腕の肉がべろりと剥げている。そのときの気味悪さは、後々まで大介の脳裡から離れなかった。

しかし、鈴木のけがは大事には至らず、みんなで手を貸してやると何とか歩き出すことができた。

四人がやっとの思いで最寄の山田病院の玄関先に辿りつくと、病院の中から大人たちのうめき声や叫び声が聞こえてきた。腹や尻や腕や足を爆風で吹き飛ばされた重傷者が七、八人床に集められていた。焼け焦げた血の匂いがたちこめ、「このまま殺して！」と喚いている老婆がいた。すでに動かなくなっているものもあった。

生き地獄を目の当たりにして、恐ろしさが再び突き上げてきた。

大介はどうにもならない感情で叫び出しそうになり、体の震えが止まらなかった。

病院の先生に泣きじゃくる鈴木を見せると、「男がこれぐらいで泣くな！」と一喝された。そして「大丈夫だ。大したことはないから、心配するんじゃない。我慢だ、我慢だ。痛いと感じるのは生きている証拠だ。死んでしまった人が大勢いるんだぞ」と励まされたが、その間も鈴木は「痛い、痛い！」と泣き叫び続けた。

手当が終わるとみんな家路に散らばり、大介がやっとの思いで家に辿り着くと裏の防空壕に逃げ込んだ家族は全員無事だった。

母親に抱きつくと、「おかあさん……」と言う言葉が出ただけであとは泣き声になった。〝米軍憎し！〟の悔しさで大介は震えが止まらなかった。

この一件は、後日、学校からの説明で米軍は「脅しで撃って来た」と聞かされた。「脅し」であんなに大勢の人が重傷を負い、命まで落とすのか。

犬山は山に囲まれた小さな町だが、付近を流れる木曽川の向こうの各務原には飛行機を製造している川崎重工がある。米軍はその工場地帯を急襲したため、犬山の町はその艦載機が引き返す途中に襲われたのだ。

小学二年生でこんな修羅場に直面した大介には、心の底から米軍を許せないという感情がしみついた。

昭和二十年になると、東京・大阪・名古屋などの主要都市が襲撃を受け、焼け野原となった。

七月二十六日にはポツダム宣言が公布されたが、大日本帝国政府は当初これを無視した。この結果、八月六日には広島に、八月九日には長崎に原子爆弾が投下され、ソ連軍が日ソ中立条約を破り満州に侵攻した。

日本は原子爆弾とソ連軍侵攻を受けて、八月十四日にポツダム宣言（日本への降伏要請宣言）を受諾し、九月二日に降伏文書に調印し降伏した。

母のない子を抱いて

八月。終戦の日の五日前のことである。

夏の日差しが照り返す道を、蝉しぐれのなかを駆け抜けるように、麦わら帽をかぶった少年が青山牛乳店にラムネを飲みにやって来た。水野大介だ。

牛乳店の店の半分は子供向けの駄菓子屋なのだが、物資の不足からほとんど駄菓子らしきものも置いてない。ラムネだけは、犬山で定吉の知り合いのお婆さんがひとりで機械を動かして細々と製造を続けていた。

牛乳店と隣り合わせた青山キヨの助産院は、狭いながらも出産・入院ができるようになっていた。店の中に入ると「オギャー、オギャーッ」と元気のいい赤ちゃんの声が聞こえ、キヨが赤ちゃんを抱いて二階から降りてきた。

「おばさん、赤ちゃんどこの子ですか?」

「大ちゃんか、ラムネならまだ少しあるから、自分で出して飲んでいいよ」

「うん。今日は機嫌悪そうだね。おばさんわかりやすいから、すぐわかるよ」

「あんた、まったく生意気だね。おばさんのどこでわかるんだい?」

「目が下向いてんだ。機嫌悪いときはさ、ちょっと下向いて話すんだ」

「こら、うるさいやつだな。おじさんにもそう言われるけどな」

「おじさんが教えてくれたんだよ、ほんとは」

「あのおやじは、ほんまにもうひまなやつや。あほらし」

「こないだおじさんに、ひまやから、野良猫つかまえてヒゲでも切ろうか言われたよ」

「あほ。そんなことしたらぜったいいかん。いかんよ」

「なんで今日は機嫌よくないの」

「実はね、この子のお母さんが、この子を迎えに来ないんだよ。二日前に出掛けてくると言ったきり、帰ってこないの。自分のお腹を痛めて産んだんだから、そのうちにきっと帰ってくると思うけどな……」

「前もそんなことあったね。その時のお母さんは、泣きながら謝っていたよ」

「ああ、あんとき、大ちゃん、いたね。そこに座って見てたなあ」

「おばさんはすごく怒って、そのおかあさん、外に追い出したよね。この子はもう家の子にしますって言って怒ってさ。自分の産んだ赤ちゃんを置き去りにするなんて、母でもなんでもないって」

「よう覚えてるね。そんなことあったな、本当に」

キヨも思い出したように遠くを見るような目になって話を続けた。

「あの時は大ちゃんもまだ学校に行っていない頃だったなあ。あの子のお母さんはお金がなくて、来たくても来れなかったんや。大人はいろいろあってね。かわいそうな話だったんや。知り合いのところをずーっと歩いて訪ねて回っていたんだよ。結局、どこもだめで、帰ってきたんだよ。あの人もねえ、どれだけ辛かったことだろうか」

「お金、払えない人、おるの？」

「そりゃおるよ。こんな時代だしな。戦争でお父さんが死んでしまった人もおる」

「そんなときはどうするの？」

「犬山の町の人たちはどんなことでもみんなで助け合ってきたからね。そういう人には、赤ちゃんが大きくなって出世したらいただきますと言っているの。みんな、自分の命は自分のものと思ってるけど、そうじゃなくて神様から選ばれて身体と息をお預かりしているの。選んでもらい、与えていただいた、大切な命なのよ」

「ふうん。じゃ、おばさんは神様や赤ちゃんとつながっている人なの。神様のことわかるの？」

「そういうことじゃ。大ちゃん、あんた、ほんとに賢いな。神様に選ばれたから、大ちゃんはお母さんから生まれて、おばさんに取り上げられた、というわけさ」

「じゃ、おばさんとお母さんは神様が見えているの？」

「そりゃな、神様つうのは見えるものじゃなくて、感じるものなんや。大ちゃんが生まれたときのこと、思い出しちゃったよ。やっぱり物がなくて、おかあさんも大変じゃったなあ。いまよりか、まだましな時代やったけどね。」

キヨは大介の母の水野歌子が家に食べ物がないときでも、嫌な顔一つ見せず知り合いの家に分けてあげていたことを懐かしく思い浮かべた。

栄養不足で母乳が出なくって困っている人がいるという話を聞いた歌子は、自分たちの食べ物をキヨのところに運んで来てくれたのだった。

「こんなにしてもらって。あたしはうれしいけど、歌ちゃん、あんたたちの食べる分がなくなっちゃうじゃないか」

「この町のみんなが幸せなら、あたしも幸せだ。そう思ってるの」

軽く冗談めかして笑顔になる歌子に、キヨは真顔になって、

「そのとおり。この町の人は、みんなそうやって生きて来たんだよ。だからあんたもみんなに愛されているの。まあ、演説はこのくらいにしてな。本当にありがとう。うれしいよ。こんなにたくさんいいものもらって、これでやっと母親もおっぱいが出て、赤ちゃんの笑い顔が見れるよ。歌さん、ありがとう」

キヨがそう言うと、まだ二十代だった歌子は「また、持ってくるから!」とはじけるように

明るく笑い返した。

あのときの若い歌子の顔が、小学生になった大介の顔と重なって、親子はこんなにも似ているものかとキヨはおかしくなってしまった。

「大ちゃん、幸せってわかるか。大ちゃんの幸せをこの子に分けてやってくれないかな」

「そんなこと言ってもわからないよ。幸せって、神様と同じで見えないんだろ」

「ははは。そうだ。幸せってね、なかなか気が付かないものなんだよ」

キヨは大介の言葉から、以前子どもを引き取りに来た母親のことを思い出した。

あの時の母親は、家の裏で一時間近くも待っていた。定吉がかわいそうだからもう許してやれ、と何度もキヨに頼みにきた。家の中に入れて、赤ちゃんを渡してあげると、その母親は、もうどんなことがあっても離れないと泣きながら抱きしめていた。

「大ちゃんなあ、おばさんは生まれた赤ちゃんに必ずすることがあるの。赤ん坊の小さな手を取って、こうしてそっと両手で優しく包むの。この手の中には、一生を生きる分のお徳が入っているの。それが幸せってもんなのさ。あんたも大きくなったらきっとわかるさ」

「ふーん、幸せはそのくらいのものか。おじさんはね、ぼくの幸せをこわすんだ」

「ははは、おもしろい。それはどんなときだい」

「おばさんの家の五右衛門風呂あるだろ。あれ、板に乗って入るけど、なかなか沈まないでひっくり返りそうになるし、怖いんだよ。おじさんは男は我慢だと言って、いつもどんどん薪を焚いて熱くするんだよ。それで天井から、でっかい青大将の皮をぶら下げて、ぼくの方に向けて脅かしてくるんだよ。」

「それはおじさんも、いたずらで困ったなあ。大ちゃんに強くなってもらいたいと思っているのよ」

「そんなことで強くならなくていいよ。……そうだ、良夫と英二のやつら、大蛇見せて強くしてやろうかな」

そこへ外に出かけていた定吉が帰って来た。

「今帰ったぞ。おう、大ちゃんか。三日ぶりかな。おまえ、何してたんだ」

「おじさんは、何してたんだよ」

「わはは。言うね、大ちゃんも。今日は牛乳会社の慰安会でな。戦争が大変だともっぱらの噂だったよ」とキヨに向くと、

「そうですか、でも慰安会が出来るから、まだいいじゃないですか」

「酒は乾杯の時だけ、あとはドブロクだ。でも酔ったね。知多の海だから魚料理いっぱいで旨かった」

「それはようございました」

「そうだ、一人で食べるのはもったいないので、包んでもらってきたから、この鯛、大ちゃんおみやげに持って帰って歌さんに渡しやってな」

すると、キヨが抱いている子のことが気になったのか、

「おい、母親は来たのかよ」

「まだですよ。今二人で話した結果、大ちゃんの妹になることにしましたよ」

「何なに？　大ちゃんのお嫁さんだと？」

「違うよおじさん、いま、妹って言ったろ。あとで良夫と英二も連れて来るからな。風呂の蛇の皮見にね」

「そうかそうか。じゃ、大蛇二本にしといてあげるわな」

「いいよ。一本だけで十分だよ」

結局ついに母親は現われず、その子は当面はキヨが引き取る形になった。しかしその後も半年過ぎても一年過ぎても、生みの親は姿を見せることはなかった。

そして、その子は「青山牛乳店の子」として引き取られ、水野の家でも歌子に娘のように大事に可愛がられて何不自由なく育てられた。この子は名前は青い山に建つ子という意味で、「建子」と名付けられたが、小学生まではおとなしい静かな子供で、店の片隅にいつも腰掛けて店番をし、何か独り言を口にしているような子だった。

その子は、やがて中学校、高校で運動部の選手として活躍するようになり、卒業後は地元の人や大介の父親の応援などを得て、かなり有名なプロゴルファーとして実績を積み果敢に人生を歩むところとなった。

ゴルフのボールの行方ではないが、人の資質と命運、生きていく方向性というものは、いつ、どこへ転がるものかわからない。自らの足で大地にすっくと立った「建子」は、父母代わりとなった青山夫婦にも、温かく面倒を見て可愛がってくれた水野夫婦にも〝親孝行〟〝おじさん、おばさん孝行〟を終生忘れることがなかった。

青山キヨ（お産婆さん）：
こどもたちを産婆としてとりあげた後も励ましたり、叱ったりとその成長を見守っていく。気さくで明るい性格で、犬山一のお産婆さんと慕われている。
大母ちゃんと大ちゃんは、「ツーカーの仲」。

二章　父を想えば……

貧乏神の〝将軍様〟がやって来た

夏の日の正午前、青山牛乳店の前の白い路面にはアブラゼミの唸り声が雨のように降り注いでいる。店の前にはいつものように近所の子供たちが集まっていた。

その日は犬山の人々にとっても「日本の一番長い日」となった。前日に「正午より重大発表あり」という知らせが来て、天皇陛下が自ら行うラジオ放送があり、「国民はこれを聴くように」とのことだった。

ふだんはフンドシ姿の定吉が、きちんとした服装に着がえ、店の前に集まった大人たちに会釈した後、緊張した調子でござを敷いて座る子どもたちに話しかけた。

「今日はこれから天皇陛下様からのお言葉があるそうだ。みんな、静かにしてここに並んで座るんだよ」

キヨが子どもたちの周りにいる大人にも聞こえるようにラジオのボリュームを大きくし、天皇のお言葉を静かに待った。

やがて君が代の演奏が流れ、昭和天皇による終戦の玉音放送（大東亜戦争終結の詔書）が放送された。難解な漢語が多く、電力事情のせいか雑音だらけのラジオ放送で、その内容はよくわからなかった。

しかし、「戦争が終わった……」らしいことは、大人たちの様子で大介たちにも伝わってきた。

七月に、米、英、中の三国首脳により日本の無条件降伏を要求するポツダム宣言が出され、八月に入ると広島、長崎の原爆投下、ソ連参戦という形で敗戦が決定的なものとなり、十四日の御前会議で昭和天皇の決断によりポツダム宣言が受諾され、天皇自ら国民に呼びかけるためにマイクの前に立ったのだ。

国民は天皇の声、お言葉を聞くのは初めてのことだった。

しかしそれよりも「終戦だ。戦争は終わったのだ」という衝撃が大きく、放心する者、泣き出す者、安堵する者、怒りに震える者等、さまざまだった。

定吉から涙声で「戦争の終結」を伝えられると、大介も声を出して泣き叫んだ。

「……日本が負けたんだね。くやしいよう、おじちゃん、大母さん」

ぽかんとしていた他の子どもたちも、大介につられたように泣き出したので、キヨは大声で

戦時中、犬山の国民学校の前で兵隊さんに最敬礼する少年達。「大きくなったら、僕達も兵隊さんになるんだ」。そんな時代だった

一喝した。

「泣いてる場合じゃないよ。これからどう生きて行くか、考えることが大事なんだよ。一生懸命勉強して、立派な人になるんだ。」

敗戦は、日本の「兵隊さん」の勝利を強くを信じていた子どもにとっても、あまりに大きな出来事だった。

負けず嫌いな大介が「大母さんは、日本が神の国だから負けないってぼくに言ったろ。日本が勝つように、毎日神様にお祈りしてたのに……」とキヨにしがみついてきたので、キヨは正面から大介を見据え、落ち着いた声で言った。

「……なあ、大ちゃん。神様は思いどおりにはしてくれないものなんだよ。今度の戦争で、大母さんだってよくわかったよ。神様はお願いするところじゃなくて、良い事をして見て頂き、約束するところなのさ。大きくなったら、きっとわかるよ。思い通りにはならなくても、行い通りにはなるんだよ。日本は戦争で多くの命を奪ったり、奪われたりしたろ。恐ろしいことが日本だけじゃなくて、外国にだってたくさん起きたんだよ。神様は天罰を下されたのかもしれない。これからは、大ちゃんたちがしっかり勉強して、この国がよくなって、幸せになって行くことを考えればいいのさ」

キヨの横でしょんぼり聞いていた定吉は、涙声でうなずきながら、

「そうだよ、大ちゃん。これからはみんなでがんばって力を合わせて、今度こそアメリカに負けない日本にするんだぞ！」

大介は俯いていたが、いつの間にやら、小さなこぶしを握りしめていた。

キヨはそのこぶしを見つけて、生まれて来たばかりのときの大介の手をにぎってやるようにやさしく両手でつつんだ。

「大ちゃん、これからは空襲はなくなるよ。もう殺し合いもなくなるよ。大ちゃんは物を作ることが好きだから、今度こそはあんたたちが勉強して賢くなって、頭の戦争をやっておくれ」

定吉が続けて言った。

「大ちゃん、アメリカの飛行機は、もう飛んで来ないぞ。怖い思いをしたけど、これからは安心して学校へ行けるぞ、〝負けて勝つ〟という言葉があるじゃないか。きっといい世の中が来るさ」

キヨには胸が苦しくなるほど、気にかけていることがあった。

自分が取り上げた子供たちは、戦争から無事に帰って来ることができるだろうか。赤ん坊の父親たちは戦地から生きて戻って、まだ見ぬ我が子に会える日が来るだろうか。

「元気出せ、おじさんと約束じゃ」

定吉が沈んでいる子どもたち一人ひとりの手に、犬山名物の〝げんこつ飴〟を握らせていた。

みんなが解散して帰って行くと、キヨは陽気な声をとりつくろって、

「今日は〝おむかえ〟の仕事がないの。それどころじゃなかったよねえ」

「本日休診か。……泣いたり怒ったりしても仕方ないな。今日は、日本の再出発の日だ。おまえがこの世に取り上げた神の子たちも、きっと生きて帰るさ。それを二人でお祈りしような。おれは、今夜はひさしぶりに酒でも飲みたい」

「家にはないけど、どっかにはあるさ、歌さんにきいてみようかね。……ああ。あたしも今日は飲みたいな。あんた、今日はへベレケになるまで飲んでもいいよ」

「どこにへベレケになるほどの酒があるかよ。でも、一口でもいいなあ」

――終戦のこの日、昭和二十年八月十五日、青山定吉は五十四歳、キヨは五十五歳だった。長い戦争下の厳しく貧しい銃後の暮らしの中で、二人とも年齢よりも老け込んで憔悴しきっていたが、キヨは歌子の伝手で知り合いの酒屋のおばあさんから一升の酒を仕入れて来た。

定吉の杯になみなみと大事についでやると、定吉もキヨの杯についで、

「出直しのカンパイだ。これからまた、大変そうや」

「あんた、がんばって働こうな。あたしも、若く生まれ変わるさ！」

当時、犬山の駅前通りにあった水野大介の家は、商いをするには絶好の地の利がそろっていたが、何をすることもなく漫然と過ごして来た。それが、戦後の不安定な暮らしのなかで少し

でも日々の糧を得ようと、広い土間を有効利用して手っ取り早く「自転車預かり所」を始めることにした。

思いがけず、これが当たった。一日一台五円で預かる「自転車預かり所」が五、六十台の自転車で土間一杯になったのだ。犬山から名古屋方面に通勤する人たちが多く、当時は鉄製の重い自転車で、急ぐ人は土間まで入れずに、道端に置いて行く客もいた。

女手や子供の力で鉄製の重い自転車を土間まで入れて並べるのは大変な重労働だ。父の実郎はとにかく留守が多い人だし、母の非力な女手だけでは大変ということで、自転車運びの仕事は、年齢よりも大柄な大介の役回りとなった。

大介は労働を苦にせず、むしろ嬉々として家族の先頭を切って手伝った。

「働いてる」という自覚は大きく、まだ小学二年生、八歳の大介は、自分でも急に大人になったような気がすることがあった。家族も一目置いてくれるし、知らず知らずに労働で体が鍛えられ、剣道や野球をやっても仲間たちに負けない力強い肩が出来た。そして、〝客商売〟の効果からか、生まれつき小さめだった声もはきはきした大きな声に変わっていった。

ちょうどその頃、不思議な訪問者、というか〝魔物〟が水野家の門前に現れた。

ある日の朝、大介が仕事に出ようとして家の前に立つと、ガリガリに痩せこけた黒っぽい犬がふらふらと土間に入って来た。目はうつろ、耳は垂れさがり、埃まみれのバサバサの毛をして、どう見ても〝貧乏神〟にしか見えない、衰弱しきった侵入者だった。

母の歌子はかわいそうに思い、ご飯に味噌汁をかけて与えると、よほど腹が空いていたのだろう、ガツガツと器まで食べかねない猛烈な勢いで食欲を示した。

このノラ公によくそれだけの力が残っていたな、と大介はマジマジと魔物を見た。

「すごい勢いで食ってるよ。弱そうな犬だなあ。お母さん、この犬、家で飼ってもいいかなあ」

「そうね。見た目はわるいけど、何だか愛嬌がある犬ね。お腹へらしてたんだね」

「飼ってもいい？　よし、じゃ、決まりだ！　名前をつけてやろう。弱そうだからね、反対に強そうな名前にしようか。オスだから大将がいいかな？　もっと格好いいのは『将軍』だ！」

「ははは。おもしろいね。名前だけでも強そうでいいんじゃないのかね」

弟の良夫も喜び勇んで泥だらけの犬の顔に頬をすり寄せて話しかける。

「よかったね。よかったね。お前の家はここだよ」

歌子は、こんなに弱々しい、今にも死にそうな汚い犬を、大切に扱っている子どもたちを見ていると心から嬉しくなった。子どもたちに生き物を飼い自分たちで世話をさせるのは、いい勉強になるな、と思った。

「裏の井戸水で体を洗ってあげなさい。それからオシッコする所も決めてあげて」

――そうやって、まだ若いのか、老犬なのかもわからない行き倒れの黒犬が、清潔にしてやるとまだ〝青年〟であることが判明し、食欲とともにみるみる体力を回復し、垂れていた耳もいくらか上向き加減になった。

そして、一年が過ぎた頃、思いもかけぬ「福」を呼び寄せたのである。この貧乏神が、一家の働き手として日に日に成長し、店の〝守り神〟に昇格していったのだ。

将軍は、自転車を預けに来た人を匂いと声で見分けることが出来るようになり、大介たちが整理して並べる自転車の配置を察知して、利用者が自転車の置き場所がわからなくなってもただちに自転車の前まで案内するようになった。

「こんなに賢い犬にはぜんぜん見えなかったけどな……」

歌子は目を丸くし、散歩や食事の世話をしている大介や良夫は鼻息を荒くした。

「将軍こそ、犬山一の犬じゃ。犬は見かけによらぬ！」

と青山牛乳店の定吉が言った。

それにもう一つ、〝将軍〟にはのらりくらりとしたトボケた横顔からは想像もつかない得意技があった。

大きな声では言えないが、十日に一度のペースで、鶏や兎、青大将などの獲物を捕まえてきては家族の目前に並べて、「あんたはほんとに、将軍様かもしれん」と歌子を喜ばせた。

日本中どこでもそうだったが、犬山の町でも戦後は食べ物を確保することが一苦労の時代だった。将軍の働きの後は早速、キヨの旦那の定吉の出番で、いともたやすく獲物たちを豪華で美しい肉盛りに仕立てて持ってきてくれる。その骨を分けてもらうのが、将軍のご褒美なのである。

将軍はいつも首輪の代わりに、自転車の預かり賃を入れてもらう特製の銭袋を提げていた。たまにお客さんが犬だからと忘れた振りをして五円を入れずに帰ろうとすると、自転車の前に座り込んで動かなかった。

「ごめんごめん、忘れていたよ」

と客があきらめて〝将軍〟の頭をなでて銭袋に金を入れると、〝クゥーン〟と甘い声で鳴いて通してあげる。

「〝将軍〟はうちに来る前はどこにいたのかなあ」

良夫が聞くと定吉が答えた。

「江戸城に決まっとるわ。見てみい、よそん家の犬とは胸の張り方がちがうぞ。最高の番犬や」

将軍びいきの定吉が言うと、言葉がわかるのか胸をそらせる。

銭袋はいまや勲章のように誇らしいものになったのだが、後に、その銭袋が将軍最大の危機を救うことになるのである。

将軍（大介の愛犬）：
大介の家業・自転車預かり所で、首に銭袋を吊り下げての店番をする。
現代の自販機の元祖。一宿一飯の恩義に報いる義理堅い犬だった。

級長とグローブ

大介の父・水野実郎は子どもにとっては得体の知れない人だった。

毎日家に帰ることはなく、帰宅すると次の朝にはもう出て行き、しばらくは戻ってこないというありさまで、子どもにとっては家の外の人、〝よその人〟だった。

母の歌子は近所の人たちには「歌ちゃん、歌さん」と親しまれ、誰にでも愛想がよく、他人思いで、町では美人の誉れ高い自慢のお母さんだった。

大介は「よその家ではお父さん、お母さんがちゃんと家にいてそろっている。なのに、なぜ家では……」と子ども心にも複雑な思いで、一人ぼっちで家を守っている母親が気の毒に見えた。

ある日の夕方、大介が「自転車置き場」で仕事をしていると、ひょっこり実郎が帰ってきた。父が明るいうちに帰宅することは珍しい。しかも両手には大きな馬肉の包みを抱え持って来た。

早速、歌子が向こう三軒両隣の家に配っていると、「どうしたんじゃ。肉かい！」と奇声を発するおばさんがいた。食べ物のない時代に、肉の土産ものは大変な「事件」だった。

その夜は、水野家の食卓も豪勢なすき焼きでにぎわった。しかし幼い子どもたちはふだんはいない父親がいる食卓に馴染めず、弟の良夫は「お父さんはなんで、いつもいないの」と聞いて実郎を困らせた。

実郎は仕事の関係で大きな動きがあったらしく、酒が入るとすぐに酔いが回って真っ赤な顔で意気揚々と流行り歌を歌い、大声を張り上げた。、

「歌さん、苦労かけているが、いよいよ俺の時代が来たんだ。今日はお祝いだ、おまえもちょっとは付き合え。大介も良夫も腹いっぱい食えよ。こんな肉食ってる人は犬山じゃ、ほかにおらんぞ。大介、剣道も大事だが、もっと勉強しろ。おまえは学校で級長になれ。そしたら何でも欲しい物買ってやるぞ」

「父さん、グローブ買ってください。ぼく、絶対に級長になるからさ」

「よし、なったらな」

「なるから、絶対なるから、明日大黒屋さんで買って」

大黒屋は町で唯一のスポーツ用品が並ぶ店である。商店街も敗戦のショックからようやく立ち直り、少しずつ品揃えが出来てきた。

それにしても子どもたちはどことなく白けている。父は座が盛り上がらない〝一家団欒〟に腹を立て、

「なったら、買ってやるよ、と言ったんだ。ならぬうちから、物をねだるやつがあるか」と大

介を叱ったが、杯を重ねるうちにまた機嫌を取り戻し、真ッ赤な顔で、

「よし、わかった。大介、それでおまえはグローブを手に入れたとして、お父さんとの約束を守れるか。もし級長になれなかったら、どうするんだ、おまえは？」

「…………」

「約束が守れなかったら、おまえは大事な長男でも、そんなやつはこの家において置くわけにはいかない。級長になれなかったら、家を出ること。わかるか、大介。男はそういうもんなんじゃ。それでも約束ができるのか」

父の話は、約束を守って堂々と実行すれば、結果として物は後から付いて来る、男の約束がいかに大切なものか、よく考えてから物を言え、ということだった。

「野球はグローブだけで出来るのか？　えっ？　ゴムマリやバット棒もいるだろ。でも、それだけじゃできないもんなんだ。グローブよりもバットよりも、仲間たちさ。みんなといっしょにやってこそ、野球ができる。大事なのは仲間なんだ。父さんが、級長になれと言ったのは、みんなのことを考えるような人になれといってるんだ。おまえは勉強もスポーツもできる子じゃ。自分の欲ばかりじゃなく、みんなのことを考えて、まとめるような男になれ。自分よりも全体のことを頭に入れろ。そしたら、チームも強くなる、野球をやる意味もある。そのために、級長にもなってみろと言っているんだ。グローブなんて、後からでいい。それがわかって

からでも遅くないんじゃ」

「……わかった。級長になってからでいい。みんなとがんばっていいチームつくる。強いチームになるようにがんばるよ。そしたら、グローブ買っていいの？」

「そうじゃ。そのとおり。おまえはな、ようわかるわ。父さんに二言はなし、じゃ。頑張れ！肉を食って強い体を作れ！」

　そう言われて大介は　食欲が増したのか、

「お母さん、肉まだたくさんありますか？」

「たくさんあるから、お腹いっぱいお食べ」

　すると大介は急に立ち上がって外に出て走りだした。向かった先は大介の家から五百メートル程離れた青山牛乳店で、昼間は子供たちで賑わう店だが、夕方ともなるとお客さんはなく、ひっそりと明りが灯り、ラジオからは並木路子の「リンゴの唄」が流れていた。

「こんばんは」

「その声は大ちゃんだね。こんな時間にどうしたの？」

「大母さん、お父さんが肉をいっぱい持って帰って来た。今夜はすき焼きなんや。おばちゃんも食べに来てよ」

「すき焼きかい？　そりゃ景気のいいことやなあ。たいへんなご馳走や」

「必ず、食べに来て。ぼく、聞いてもらいたい話があるんだ」

「そうか、大ちゃんの言うことだったら何でも聞いてやらんと」

「おじちゃんも一緒に来て。お肉いっぱいあるからね」

「ありがとさん。でも、おじちゃんは今夜は留守番だから、高橋さんの家でまもなく生まれそうでな、電話があるかも知れん。でもおばちゃんは、大ちゃんがせっかく誘いに来てくれたんや、ご馳走になりに行くで」

ふだんから父親のいない家庭の大介は、キヨをもう一人のお母さんだと思い慕っていた。お父さんは留守ばかりだけど、大好きなお母さんは二人いるのである。

「ちょっと待ってな、大ちゃん。高橋さんから連絡があったら、すぐに行けるように、産婆道具と自転車持って行くから」

自転車を引きながら、歩き始めた二人の姿は本当の親子のようだ。

「今晩は、いい匂いがするねぇ」

突然の来訪者に歌子は大介がすっ飛んで行ったわけがわかり、「あらあ、お産婆さんこの子は十月ですよ」と生まれてくる三人目のお腹を擦って顔をほころばせた。

産婆さんは真っ赤になって気炎をあげている実郎の酔いっぷりを見て、

「お父さん、お久しぶり。ご機嫌ね。景気いいねえ。」

「いやいや、本当に久しぶりだし、今度もまたお世話になりますから、宜しくお願いします。いい肉が入ったから、どうぞ食べて行ってください」

「まあ、上等な肉だね、滅多に口に出来ないよ。すごいね、お父さんががんばって仕事してるからこんなの食べれるんだよ、大ちゃん」

「おじちゃんにも一緒に来てと言ったんだけど、仕事で留守番なんだ」と大介が言うと、歌子は「いいよ、たくさんあるから。お土産に持って帰ってもらえば」

「うわぁ、うちの宿六喜ぶわ。肉には目がないから。大変だ、盆と正月が一緒に来たようだわ」

　大介は肉をほおばっているキヨを嬉しそうに見ていたが、頃合いを見て、

「大母さん、頼みがあるんだ」

「はいはい、なんでございましょうか」

「さっき、お父さんと凄い約束をしたんだ。二学期が十日に始まるけど、もし級長になったら、仲間と野球が出来るように道具一式買ってくれるって約束したんだ。でもヨッパライだからね、ちゃんと忘れないようにしなくちゃ。大母さん、覚えておいてほしいんだ」

　実郎は大笑いして、大介の話をおもしろがって聞いていた。

「おばちゃんに証人になれということか。大介、証人というのは、つまり見張り役のことじゃ」

「そう。それなんだ。でもね、級長になるのは選挙なんだ。ぼく、女の子とはあまり話さない

から、人気がないんだよ。一学期は女子に人気の八木に負けたし、二学期は井田がいるし。女子と喋るのはなんかむずかしいんだ……」

「ははは。そんなことないよ。大ちゃんはやさしいだろ。女の子はやさしい男の子は好きなんじゃ。級長の演説、がんばってみな、大ちゃん」

「全然､人気がないんだよ。大母さんは犬山の町の子供たちをほとんど取り上げているんでしょう？　大本町の和子と魚屋町の美子は、同じ五組なんだよね」

「ああ、二人とも私が取り上げたんだ。今でも店によく来てくれるけど、いい子になったよ。あの子たちは、おばさんに大ちゃんのこと嫌いじゃないって言ってたよ。そうかね。いよいよ級長かね。よしよし、級長に立候補するための選挙運動だ、明日、立候補しますって、自分の名前を大きく紙に書いて店に貼りに来なさい」

「ええ、お店に貼るの？　そんなこと、できっこないよ。恥ずかしいよ」

「あんたなあ、こういうことは弱気じゃだめなんだよ。恥ずかしいのはその時だけ。級長になるんだったら、そんなこと弱音を吐いちゃいられないよ。大ちゃん、がんばりな！」

　キヨはそう言って、ふと思い出したように実郎の顔を見て、

「ねえ、お父さん、そうでしょ。水野さんも今度の衆議院選挙に出られると聞きましたが」

「さすが、早耳ですね、大母さん。親子共ども、宜しくお願いします。大母さんはところで、

犬山の町でいままで何人くらい、赤ちゃんを取り上げたんですか?」

「そうだねぇ、二十八歳からだから、かれこれ二十六年やらせてもらっていますがな。昨夜の井戸さんの三男坊で、いま、千二百五十六人ですね。そんで、今夜か明日の朝には高橋さんところと、小林さんところですが、そのうち亡くなった子が十五人います。私の若い頃は逆児《さかご》やゆうて、足から生まれたり、早産だったり、栄養がとれなくて死産だったりで大変な時代だったからねえ」

「ほお、逆さに生まれるんですか?」

「お腹の中にいる時は、頭が下で、足が上になっているけど、逆児はそれが反対になってしまうんだよ。歌さんも二番目の良夫ちゃんが逆児で大変だったよ」

良夫が生まれた時には、父の実郎は仕事で地方にいて不在だったのである。

「子供はまず、親不幸から始まるものでね。生まれて来る時は母親にこの世にない痛さを何時間となく与える。でもこの苦しみの中で母と子の絆が生まれるんですよ。男親には味わえない深い絆がね」

「男には一生掛けても経験できない、わからない絆があるのですな」

「すべて神のなす業ですが。よくしたもので、人間〝生もあれば死もあり、死もあれば、また生もあり〟で生まれて来た時に〝オギャー〟と泣く、一息吸い込まないと泣きたくても泣けないのです。どんな死に方でも、息を吸い込んだ時に息を引き取ることはなく、必ず息を吐いて、息をお返しするということなんですよ。水野さん、これからの政治は、二つが一つになるバランスのよい政治を目指してくださいな。出があるから入もある、口があるから尻がある。死とは生まれた時にいただいた息一つ、それをお返しすることなんです」

「なるほど。含蓄のある話や。そのとおり。今日はいい話聞かせてもらいましたな」

実郎、歌子、キヨが久しぶりに土地の昔話や思い出にひたっていると、

「ぼく、留守番しているおじさんに肉持って行ってあげるよ。この間、おじさんにゲンコツ一つ貰っちゃったからね」

「ゲンコツもらったの？　どこでもらったの？」とキヨが大介に尋ねた。

「風呂屋で靴屋の友明が、熱い熱いと言ってなかなか入らないから、押してやったら風呂に落ちたんだ。そしたらおじさんがいて、風呂で遊ぶんじゃないって、ぼくだけゲンコツくわされた。おじさんに悪かったなと思ったよ。だから、今日は反省してお肉持って行ってあげるんだ」

「ははは。それは大ちゃんが可愛いからだよ。おじさんは怒っていないよ。あんたによい子になってほしいから、ゲンコツくわせるのさ」

「おじさん、ほんとにこわい！　と思うときがあるからね」

その話をおもしろそうに聞いていた実郎は、人の良い父親の笑顔になって、

「そうかそうか、定吉さんはいい人だなあ。ありがたいなあ。よくぞ、叱ってくださった！」

「お父さんには叩かれたことってないよね。ぼくがかわいくないから？」

大介の憎まれ口に、実郎はちょっとひるんで顔を曇らせた。それは父として、不在がちで子どもたちとの関わりが薄いことを常々気にしていたからである。


その日の夜、自分で言葉を考えて紙に書いてみた。

「今度の二学期の級長の選挙には、水野大介と書いてください。五組のために役立つように、がんばります。よろしくお願いします」

校外にポスターを貼り選挙運動をしたのは、大介が初めてである。それがいいことか悪いことか分からなかったが、級長になるために全力を尽くし一生懸命になることが、大介にとって前へ進む一歩だった。

それから数日後、犬山城小学校の校庭に、全校生徒の朝礼で教頭先生が、今期の級長、副級長を読み上げていた。

「三年五組、級長・水野大介、副級長・五品富美」

最前列に二人で並んで紹介された。

昭和二十二年四月二十五日、大介の父水野実郎は、愛知二区にて出馬し、新憲法下での戦後初の総選挙に日本社会党より初当選していた。同時に女性参政権が成立し、三十八名の女性国会議員が誕生している。

実郎は大介との約束通り、念願の二学期級長に選ばれた年の秋に、チームのみんなが野球に打ち込めるようにと、道具一式を購入してくれた。バットが二本、ゴムボール十個、布製グローブ五個、革製グローブ四個。

バットは当時、人気選手が使っていたバットと同じ赤と青の二本である。赤は川上哲治、青は大下弘が使っていた子どもたちの憧れのバットだ。大事な大事なバットなので、普段は広場に持っては来るが、みんなの見えるところに飾り、自分たちで木を削って作ったバットで練習をした。みんな野球が出来ることが嬉しく、学校から帰るといち早く広場に集まって暗くなるまで練習した。

ホームランを打つとゴムボールが田圃や草むら、水路まで飛んで行くので、みんなでなくさないように泥んこになりながら探した。物を大切にした時代だった。

一カ月程たつと、歌子のお産が始まりかけた。

「大ちゃん、お産婆さん呼んで来て！　赤ん坊が生まれそうだって言って！」

歌子はお腹を擦りながら自分で布団を敷き、大介は急いで青山助産院に走った。

「大母さん、お母さんが生まれそうなんだ。早く来て」

「始まったか。でも生まれるのは夜だ、お母さんに静かに横になって待ってなさいって」

「でもお母さん、痛い痛いって。早く来てね」

「慌てんでいい、大丈夫。お母さんは今度で三人目やから、心配せんで。女の子だといいねえ。そろそろ、おじさんが釣りから帰って来る頃やから、大ちゃんそれまでここで待っとれば。魚、もらえるかもしれん」

「女の子だったら、話す練習が出来るね」

「ハハハ、まだ女の子が苦手なのかい、駄目だね、級長さんは。級長選挙では大ちゃんを選んでくれた女の子もいるやろ。大ちゃんのほうから、おはようとさようならくらいはいつも言わなくちゃ。級長はみんなをまとめなきゃいけないんだよ。四年生になってもまた級長さんやりたいんだろ?」

　大介の顔が曇ったので、大母さんは心配になった。

「どうしたの？　何かあるの?」

「大母さんだから、話すんだけど。……お父さんが最近お金をくれないって、お母さんが泣いていたんだ。何か買ってもらうどころじゃないよ。だから、もう級長にはならないんだ」

「へぇ、大ちゃんはそんなに自分勝手なんだ。だから女の子も話しかけて来ないんだね」

そこへ、同じ組の和子と美子が店に入って来た。二人はペコリとお辞儀をした。

「こんにちは」

キヨはニコッと笑いかけ、二人を迎えた。

「はいはい、いらっしゃい。いつも仲よしだね、二人は」

「ああ、びっくり！　水野君がいた！」

「大ちゃんは級長さんだからこのお店のことも手伝ってくれてるんだよ」

と言うと、和子が横板を指して言った。

「おばさん、いつ来てもあのポスター貼ってあるけど、もう選挙は終わったよ」

「また選挙に出ると思って残しておいたんだよ。でも、もう出ないかもしれないんだって、なあ、大ちゃん」

「なんで。私も美子ちゃんも水野君に入れたよ。女子だけでも二十人は入れたよね。水野君が級長になってから、色々とよくなったんだよ。男子も掃除するようになったし、戸の開け方も静かになったし、みんな、喜んでるよ」

男子は掃除や整理整頓が苦手で何でもやりっぱなしで女子に押しつけていたが、大介が級長になってからはクラスみんなで分担し、目標を決めて実行していこうということになった。キヨは大介の活躍ぶりを聞いてうれしそうに言った。

「大ちゃん、優秀な級長さんなんだ、あんたは。やっぱり、お父さんの子だな」

「水野君はあまりしゃべらないけど、いつもやさしいよね。最近は剣道も強くなって女子はみんな応援しているよ」

「よっしゃ！　大ちゃん、ほら、おばさんが言ったとおりやろ。あんた弱気になっちゃだめよ。じゃ今日はみんなにおばさんがラムネご馳走しよう。ズルチンも入れていいよ」

ズルチンとは、砂糖のない時代、甘味を出すために使う、サッカリンのようなものだ。和子と美子は、〝げんこつ飴〟を買って二人仲よく帰っていった。

そうこうするうちに、定吉が釣りから帰って来た。軒下に竿を立て掛け、バッグを手で軽く振るようにして、

「あーあ、今日は二匹だけだったよ。上の方で雨が降ったからなあ。これじゃあ、晩酌のツマミにも足りん」

「お帰りよ。そうかい、大ちゃん残念だったね。魚もらえそうにないねえ。よっしゃ！　そろそろ行こうか。お母さんが待ってるからな」

キヨと家に着くと、奥から歌子の唸り声が聞こえてきた。

「大ちゃん、鍋とヤカンでお湯を沸かして盥一杯にしてくれる？　それから、隣のおばさんに手伝ってもらうから呼んで来て。それが済んだら、弟の面倒を見ること」

「わかった。お母さんのこと、お願いします」

「はいはい、心配ご無用。ただ今より〈むかえびと〉、この世に生を受ける子の、お迎えの手助けをいたし候」と、キヨは慣れた手つきで準備していく。

「歌さん、今日は夕刻六時三十分より満潮だから、それから始まるからね。今は痛くてもお腹はまだ準備中なんだよ。いずれにしても三人目だから、楽に生まれるよ」

やがて陣痛が始まってから四時間以上の時間が過ぎた。苦しむ声が外にいる大介や良夫にも聞こえるので、兄弟は顔を見合しておろおろしていたが、しばらくして隣のおばさんが知らせに来てくれた。「今度も男の子だよ。おばさんところは女だけ三人だし、神様なぁーんにもわかっていないんだね、ハハハハ」

家の中に入ると、赤ちゃんの元気な泣き声が響きわたっている。

歌子はおだやかな顔で目をつぶっていた。キヨはその横で微笑して、

「あんたら、赤ちゃん見ていいよ。お母さんも元気だ。何も心配ないで。よかったな」

大介は赤い子猿のような子を見て「赤ちゃんはホントに赤いんだ」と関心した。それが三男、保三の誕生だった。

昭和二十二年六月一日、日本社会党片山哲内閣が成立し、初の「経済白書」が発表された。学校も新教育で小学校六年制、新制中学校三年制の義務教育となった。

そして、昭和二十二年五月三日、日本国憲法が施行された。

五円玉が二枚ぽっち……

大介はポンポン蒸気船が鳴らす漁に出る舟の音で眼が覚めた。秋の終わりの海の朝である。窓から涼しい朝の風が入り込んでいる。

——父は帰っているのかいないのか。隣の部屋の襖をそおっと開けて見たが、姿は見えなかった。

がっかりした大介が庭に出てみると、空気は冷たく小雨が降っていた。そこは海沿いの別荘で、犬山の家とは広さも構えも比べものにならず、天と地の差といってよいほど豪華な作りだった。

「困ったなあ……」

ズボンのポケットに手を入れても、五円玉が二枚しかない。

昼までに実郎が帰らなければ、歩いて犬山の家まで帰らなければならない。

起きてきた女の人が大介に声を掛けた。

「大ちゃん、昨夜はお父さん帰らなかったね。まだ東京にいるんだろうか？　遠くから来ているのに、電話くらいくれればいいのにね」と、女の人も多少は心配しているようだった。

その頃、大介の父・水野実郎は犬山の家に帰らない日が多くなっていた。

ここは夏は遠浅の海が大勢の海水浴客でにぎわう知多海岸の新舞子という町で、名古屋から名鉄電車の準急で一時間のところだ。そこの別荘に隔週土曜日、学校が終わったあとに、実郎から二週間の生活費を受け取るため、大介が長男の役目として訪ねて来ていたのだった。

いつもは必ずお金を受け取って帰れるのに、今回だけは留守のために受け取れない。

大介のポケットには電車賃もなく、どうしたらいいものか、やり切れない気持ちだった。

昼近くまで待っても連絡がつかないので、仕方なく線路を歩いて帰ることにした。小雨も何とか上り、曇り空になっている。

――歩いて帰るのは仕方がないとしても、困るのはお母さんに渡す生活費がないことだ。どうしたらいいか。お母さんはどんなにがっかりするだろう。

大介は母親の暗い表情が目に浮かび、いたたまれない気持ちになった。

なぜ、うちはこんなにお金がないのか。よその家はどうやっているのか。わからないことばかりだ。今の自分はただ歩き続けることしかできない。

駅に近づくと、駅員に見つからないように線路から外れて歩いた。鉄橋を渡る時は橋の下を見ないようにして注意して歩く。それでも何十メートルも下の川の流れが目に入り、ここで電車が来たらどうしようと、ビクビクしながらも、何とか渡り終えた。

三時間ほど歩き続けた後で、どうしようもなく疲れて足が動かなくなった。履いているズックを見ると、底のゴムの部分がはがれていた。

それでも、何とか次の駅まで歩いて、ベンチに腰を下ろして休んだ。

腹が減り、疲れがたまってきた。家までたどりつけるか、不安も強くなってきた。

この駅はどこだろうと周りを見渡すと、ふと、以前に一度父に連れて来てもらった肉屋の「三浦さん」の家があった駅であることを思い出した。駅員にその場所を教えてもらい、隣のパン屋さんで五円のパンを二個買い、頬張りながらまた歩き出した。これで所持金はなくなった。

父のことに怒りと淋しさを感じ、頬張る頬に涙があふれてきた。

それから、さらに熱田、尾頭橋、山王橋と線路に沿った道を一時間ほど歩き続け、主水町の交差点に来たところでやっと「三浦肉店」の看板が目に入ってきた。大介は思わず駆け寄ったが、体全体が疲れで棒のように硬直している。店の前で一息入れ、呼吸を整えることにした。そして、思いっきり元気な声で、

「こんにちは！」

店にいたのは三浦のおじさんと店員さん二人、お客さんが二人だった。カウンター越しに顔を上げたおじさんは、「いらっしゃーい。あれ？」と、大介の顔を見て目をパチパチしている。

知っている顔だが、思いだせないらしい。

「ぼく、水野大介です」

「おう、大坊か。いやいや、よく来たなあ。お父さんは奥にいるよ」

「えっ、お父さん、ここにいるんですか？」

驚きと安堵のあまり、大介の目にみるみる涙が溢れそうになった。

「奥で麻雀してるから、行ってごらん」

するると、大介の顔から血の気が失せた。無性に腹が立つ。目がひきつり、青ざめた暗い顔に変わっていく。昨夜からの仕打ちは、父としてあまりに無責任だ。自分はよいとしても、お母さんを悲しませ、苦しめているのが許せなくなった。大介は子ども心に自分が我慢の限界を超えているのがわかった。

「おじさん、これ貸して」と叫ぶやいなや、まな板の上にあった包丁を手に掴んだ。

「おいおい、大坊、何するんだ」

「お父さんを刺す！　こんなお父さん要らないよ」

慌てた主人は奥の間に向かって叫んだ。

「水野さん、実さん、大坊が変だぞ！」

ただならぬ様子に実郎が慌てて飛び出して来た。ここにいることを誰も知るはずはないのに、どうして息子の大介が来ているのか。

「なんだ、大介。そんな物持って、どうしたんだ！」

父の顔を見たときの大介の顔は涙でグシャグシャだった。お金がなくて困っている母の顔や、弟たちの顔が浮かんで来た。

——父さんは、家のことを考えてくれてるの。みんな、どうしたらいいんだよ！

……そう叫びたくても、しどろもどろで言葉にならない。

手に持った包丁はすぐに店の主人に奪い取られた。父が何か言葉をかけようとしても、大介はふるえる背を向けたまま身じろぎもしなかった。

「まあ、まあ……。何があったか、三浦のおじさんに話してみろや」

店の主人はラムネの瓶を大介の手に渡してくれた。

「まず、ひとくち、飲んでごらん。大ちゃんも落ち着いてな」という主人に、昨夜からの一部始終を話すと、「うんうん。そうか。そうだな、それは、お父さんが悪い」と何度もうなずきながら聞いてくれた。

話し終えると、大介もふだんの顔色を取り戻し、気持ちが落ち着いてきたが、「お父さんをやっつけてやる」という気持ちは変わらない。許せないものは許せないのであった。

「そうか。大ちゃんは剣道も強いってお父さんから聞いてるよ。でもな、どんなに強くなっても、暴力はだめだぞ。暴力では何も解決はせんからな。お父さんにもいろいろ理由があって、行き違いでそうなったんだ。いつも大ちゃんのことは自慢しているよ。いいお父さんさ。だから、お父さんの話もちゃんと聞いてみような。大ちゃん、みんな世の中の大人は大変なんだ。大人の話もちゃんときいてみなくちゃいけないよ」

この時代の大人は、隣近所の知らない子供たちにも、間違っていることは大人としてきちんと意見し、みんなで子供たちを育てていくのが当たり前という風潮であった。それは地域の助け合いであると同時に大人たち共通の価値観でもあった。子どものことを親身になって叱り飛ばし意見をする、という〝隣りの怖いおじさん、おばさん〟がたくさんいたのである。

肉屋のおじさんは大介の話を聞き終えると、お店の中ではなく自分の家へ招き入れ、水野親子を家族の夕飯に誘ってくれた。大勢でにぎやかに、もうもうと白い湯気が立つすき焼き鍋をつついていると、身も心も温まり、いつのまにか大介の機嫌もおさまってきた。それにしても、父は先ほどの事件を忘れたかのようにお酒を飲み出し、店の主人と大笑いして意気投合し、しまいには「東京ブギウギ」やら「湯の町エレジー」などの流行歌の大合唱になっていた。

〝お父さん〟の本当の顔

翌朝、実郎はさすがに少し気がとがめたのか、大介にはいつも以上にやさしい気づかいをしてくれた。昨夜は近所の旅館に泊まったが、昼頃に宿を出ると、日置町の映画館に誘ってくれて、〝三回泣けます〟と評判の三益愛子と三条美紀の「母娘物語」を見せてくれた。涙もろい大介は映画が終わり館内が明るくなると、顔を上げられないほど泣いてしまった。

その映画の中で聞いた流行歌「星の流れに」は、焼け跡日本の孤児の悲しみと生活苦を描いた大人の世界を歌ったものだが、大介の胸にはささるようにしみわたり、その時の感動は一生忘れることの出来ない思い出となった。

父と映画を見るのは初めての体験で、父と子二人きりで過ごす時間も初めてだった。

父は映画館を出ると、そばやで大介に天ぷらうどんをとってくれて、「どや?」と言って自分はビールとおしんこ一皿だけを頼んだ。

大介がフーフー言って丼の中に顔をつっこんでいると、

「もうちょっと待ってくれ、大介。良夫にもそう言ってな」と言って、仕事でいろいろな人と会っていることや、寝る暇もないこと、昨夜は予定がいっぱいですっかり忘れていたことなど小声でぼそぼそと話し始め、改めて詫びてくれた。いつものにぎやかなお父さんではなかった。さびしいような話し方をする、もの静かなお父さんだった。

しかし、パチパチしばたいている父の目の奥には温かい愛情が宿っていた。「お父さんは、うそをついてない」ということを父の全身から大介は感じとっていた。

――お父さんは一生懸命、働いているんだ。自分勝手なことばかりしてると思っていたけど、ほんとはやさしい人なんだ。家へ帰ったら、良夫に教えてあげよう。お母さんにも話そう。お母さんはよろこんでくれるな、きっと……。

その夜は久しぶりに犬山の家に父の姿があり、歌子も大忙しで実郎の酒の支度で買い出しやら料理やらでいろいろ飛び回ることになった。

しかし、その後も東京の生活でお金を使うためか、実郎からは生活費がもらえない状態が続き、一家の困窮が解決したわけではなかった。

以前、地元で選挙運動をした時に、泊まりがけの応援用に揃えたフトンが四百枚、そのまま二階の部屋に積んであった。大介はその布団を十日に一度、町の質屋へ乳母車に積み、青山牛乳店の前を通って運ぶことが仕事になった。綿がとても貴重な時代で、一枚で十日分の生活が出来、一家は大いに助かったのである。

大介が乳母車を引いていると、町中でキヨとばったり出くわした。

「今日も行くのかい？　お金を落とさないよう気を付けて帰るんだよ！　あんたのお父さんはな、いまは国を立て直すのに大変なんだ。あんたたちもがんばるんだよ」

「うん、わかっている」

「大ちゃんは級長だけどな、お父さんは戦争に負けた国を立て直すために、一生懸命国会に通っていなさるんだよ。まあ、日本の級長さんといったところかね」

「うん。お父さんのことは、わかったんだ、ぼく。そう言えば、大母さんね、今度から級長じゃなくて、学級委員と呼び名が変わることになったんだよ」

「そうかい、へえ。いい呼び方だねえ。大ちゃんが学級委員になったら、喜んでいる女子が大勢いるんだから、がんばりな。二枚目スターは今日も忙しいね」

「大母さん、わけのわからないこと、言うなよ」

——犬山の町にはラジオからもれる笠置シヅ子の歌「東京ブギウギ」があちこちの路地や家の窓から聞こえ軽快に響き渡っていた。

戦争で傷ついた日本の社会も、少しずつ明るさと余裕を取り戻し、それまで影も形も見えなかったさまざまな生活物資が町に出回りつつあった。

第三章　焼け跡の戦友たち

「南の奴らにやられているな……」

南北に延びている犬山の町は、北に位置する犬山城を中心として栄えたことから主要な公共的機関等は北寄りに散在している。そのせいか人の気持ちの中にも、南と北との格差が生じ、南北二つに分かれている学校の生徒たちも何かに付けて対抗心を持つようになっていた。

大介は学校から帰ってくると、いつも近所の子どもたちと南小学校の校庭で野球をしていた。相手は南小の子供たちで、敵対する様子はなく、たまにセーフかアウトかでもめるぐらいであった。

ある日、五瀬川で魚獲りをした帰り道、大介と鈴木が河淵を歩いていると、南の川原で五人の子供たちが一人を取り囲んでいた。

「あれは英二じゃないか、南の奴らにやられているな。どうしようか。五、六年だぞ」

「大ちゃん、まさかあいつらと喧嘩するの。英二は俺たちの仲間じゃないよ」

「わかってるよ、でも英二は同じ小学校の仲間だぞ。助けてやろうよ。俺たちの町内の奴だから」

大介はタモの先を相手方の子供のたちの方に向けて、

「英二！　組み付いていけ。負けてもいいから、やれ！　あとは俺がやっつけてやるから、いけ！いけ！」

五人は大介たちを睨み付けていたが、それ以上は英二に手を出さなくなり、肩をいからせて南の方へ去っていった。

「大ちゃん、もう南小の方へ行けなくなるよ」

「でも、強いとこ見せつけないとな。それに、見たらやるしかないぞ。英二のところはおれん家よりも貧乏だぞ。仲間に入れてやろうよ、な」

いつの間にか、英二は二人の後ろを十メートル程離れて付いて来ていた。

「英二、今から子分にしてやるからな、いいな」

「でも、おれんち何もないけど」

「何もなくていいさ。メンコがあればいいさ、あいつらに何か取られたのか？」

鈴木、大介は並んで前を歩き、一歩下がって英二が釣竿二本、タモ二本、ヨツデとバケツを持たされ付いていく。だが、英二は足取りも軽くなぜか嬉しそうだった。

メンコに興じる男の子達。なわとび、お手玉は女の子。路地裏はいつも子供達であふれていた。

大介が級長になってから一ヵ月あまりが過ぎた頃、同じ組の道代が米軍の軍用十輪車（タイヤが十輪あるトラック）に撥ねられてしまった。たまたま近くで大介、武男、英二、耕平、良夫がメンコをしていたので、騒ぎに気づいて駆け寄った。

道代は足を撥ねられたらしく、立ち上がることが出来ず、手を上げて助けを求めていた。周りにいた人たちも何ごとかと集まって来た。「おい、大ちゃんどうする？」

武男が大介の顔を見た。

「どうするって、そうだ、山田病院が近いから知らせよう」

五、六人の子供たちと山田病院に知らせて戻ってくると、大人と米兵が道代を担架に乗せているところだった。道代は、その後二ヶ月間の入院と通院でリハビリも順調に経過して、元どおりの元気に走れる足になったが、この一件で大介の〝アメリカ嫌い〟にはますます拍車が掛けられた。

「もう一度戦争して絶対に勝ってやる！」

「でも、大ちゃん、アメリカは剣道も柔道も弓も止めさせたよ」と耕平が言った。

「知ってるよ、やっぱりアメリカはおれたちのこと怖がっているんだ。おれは止めないよ、宮内先生の所で一生懸命稽古して、強くなっていつか絶対勝ってやる」

「大ちゃん、おれも一緒にやるよ」と、近くにいた小学校二年生の英二が遠慮しながら応じた。

英二は南小との一件から大介のことを、兄のように慕っていたが、英二は大介とは違ったしたたかさを持った子供で、その後も大介のよき〝相棒〟になっていった。

「よし、決まったぞ。おれたち少年部隊五人組だ。アメリカにばれると殺されるぞ。絶対に秘密だぞ。約束の印に自分の一番大事なメンコを一枚、英二に渡すんだ。二番目は駄目だぞ」

そう言いながらお互いの一番大事にしているメンコを出し合った。

みんなが一番大事にしていたのは、当時大人気だった丹下左膳のメンコである。それは、分厚く強そうな、誰もが欲しがるメンコだった。だが武男はそのメンコを隠し、別のメンコを差し出したので、すかさず大介が言った。

「一番目と言ったぞ！　じゃあ武男は約束出来ないんだな」

子供にとっては大事な宝物だったので、出し渋る武男に大介はキッパリと言った。

「よしわかった。英二、四人で戦うぞ」

「わかったよ、ぼくも戦うよ。道代をこんな目にあわせたんだからな」

そして一番大事にしているメンコを出した。

「英二、これは戦争に勝ったら返してくれよ」

英二にとっては責任重大だ。

「大事に家に置いておくよ」

大介は丹下左膳のメンコで武男に負けることが多かったので、取り上げることができて、これからのメンコ遊びには都合がよかった。子供心にも、悪知恵が働くところもあった。

あくる日、学校の教室で授業開始前に担任の中川先生が言った。

「なんだ、水野、今日はずいぶん張り切っているなあ」

「はい、英語で日本人のこと、なんて言うんですか?」

「おう、アメリカ人と話をするのか」

「はい、今度戦争するときに」

道代がアメリカ軍に撥ねられたことを悔しそうに話すと、

「先生たちは負けたからなあ。また水野たちが戦争やるのか、でもなあ、何べんやっても日本に勝ち目はないぞ」

「先生がそんなこと言うんだったら、今から学校やめます。なあみんな」

「ははは。おまえたち、アメリカに勝ちたかったら学校へ来て勉強をすることだ。もっともっと賢くなるんだ。これからの戦争は頭の戦争になる。剣道だけでは勝てないぞ」

「でも、先生、アメリカは剣道も柔道も弓も止めさせたよ。アメリカは日本が怖いんだよ」

「おまえたちはそんなことも知っているのか」

そうこうしているうちに授業の鐘が鳴った。

「よし、今日の一時間目は先生の戦争の話をすることにしようか」

「やったあ！　よっしゃ、戦争に勝つ方法を教えてください」

中川先生は航空隊員だったが、

「戦争よりも平和が大事だ。生きて帰ったのは、恥ずかしいことなんだ」と、自分の体験を話し始めた。

「先生は神風特攻隊だったが、昭和二十年八月十五日、天皇陛下が降伏しなければ四日後の朝には、お国のために敵の船に突っ込んでいくことが決まっていた。十三日には先行の特攻機を送り出し、次の日が来れば、また先輩や仲間がどんどん国のために命をかけて戦いに出ることになっていた。戦闘機は整備がされるが、積まれる燃料は片道の燃料だけ。飛び立っては行っても帰っては来れないことを意味する。母に最後の手紙を出し、仲間とは別れの盃を交わす。送る方は二度と生きて帰らないと分かっているので、ただ頑張って来てくださいということしか出来なかった」

先生の話はまだ生々しさが残る体験で子どもたちにも死に直面した人間の孤独感や悲しみが伝わってきた。生徒の間からは、すすり泣く声が聞こえて来る。

泣き虫の大介も大粒の涙で顔がグシャグシャになったが、

「だから先生、ぼくたちも勉強して、絶対アメリカをやっつけてやるんだ」

他の生徒たちも口ぐちにアメリカに対する憎しみを露わにして、

「そうだよ先生、アメリカ語のしゃべり方を教えてください。ぼくたちのこと、なんて言うんですか?」

「ジャパニーズボーイだ。そして平和はピースだぞ」

大介たちはみんなで一緒に先生の発音を真似てみた。

犬山城小学校三年三組

先生から英語を習った日の十日後のこと。

犬山駅前広場に米軍のジープ二台が現われ、子どもたちのたくさん集まっている場所を目指して走って来た。子どもたちがその車を取り巻くと、米軍がチューインガムを配り始め、子供達はそれしか知らない英語で、「サンキュー」と言っていた。

大介も手を出してチューインガムを二枚手にしたが、米軍を睨みつけて、

「僕はジャパニーズボーイだ!」と言うや、ガムの一枚を米軍に見えるように、二つに裂いて捨てた。そしてもう一枚も、「僕は、ジャパニーズボーイだぞ!」と挑戦的に言って捨てた。

米兵は意味がわからないような顔で英語で何かやさしく言っていたが、大介の方ももちろん理解できない。

所詮は子どもの「戦争ごっこ」の中の話かもしれなかったが、大介たちは「反米意識」に駆られ、アメリカと「また戦争をやって今度こそ勝つ」という気持ちでいっぱいなのだ。

そんな様子が目に余ってきたのか、中川先生の表情や、態度にも変化が現われてきた。先生のくせで教室では鞭を片手に軽く振り回して机の間を歩くのだが、ある日、先生が教壇の机の上をビシッ！　といつもより力強く鞭で打ったのでその鋭い音に生徒たちの背筋がピン！　と伸び、みんなが緊張して押し黙った。

「おまえたちはもう一回アメリカをやっつけると言っているが、人は戦うことより前に、学ぶべきことや考えるべきこと、感じるべきことがたくさんあるんだ。戦うことよりも前に、まずこの国を建て直さなくてはならん。そこから考えろ」

先生は言葉を発するたびにビシッ！、ビシッ！　と激しく鞭を打ち込んで行く。

「おまえたちは、いま、打たれているこの机が、もし人間だとしたら、どう思うか。どうだ？」

生徒の机の間を歩き出した先生は、鈴木の横で立ち止まり、鞭棒を机に乗せて、

「答えなさい」と言った。

鈴木は突然の指名に戸惑いながら、

「ものすごく……痛いです。鞭で打たれるのも、打つのもしたくありません」

「そのとおり。鞭をふるわれたら物凄く痛い。弱い者も強い者も、痛みは同じなんだ。だから、おまえたちは、暴力をふるうことを考えるより、その痛みについてもっと深く知っておく必要がある。戦争から、暴力からは、何一つとして生まれてこない。おまえたちがこのことをわかってくれたら、先生は鞭は使わない」

生徒たちは安堵してあちこちから「はい！はい！」と元気と笑顔が戻った。

中川先生は出席簿を見ながら、

「ところで、梶田が休んでいるが、今日で五日目だ。みんなはどう思っているのかな？　水野。おまえは級長として、どう思っているのか」

「……梶田は家が貧しいし、お母さんも居ないし、勉強できないし、そんな梶田のことをみんなが苛めるから……それで学校がいやになって来ないんです」

「そうか。では、おまえたちは、仲間が教室に来ないということを、そのまま放っておくつもりか。水野、おまえはアメリカと戦争すると騒いでいたが、梶田は仲間だろ。つまり、戦友ということだ。戦友の姿が見えなくなっても、知らんふりをするのか。それは戦友を見捨てることと同じなんだぞ。そんな仲間意識しか持てなくては、おまえたちは戦う前から負けている。この国を建て直すには、みんな一人ひとりの力が大切なんだ。どうしたらよいか、考えてみろ。

意見のあるものは？」

「ぼく、昼休みに梶田の家に行って来ます！」と大介が手を上げた。

大介は梶田の家の事情をよく知っていた。町内で新聞配達をしていた時、梶田の家は新聞代が払えなくなり止めた。今も隣の家までは配達で行くので気になっていた。

梶田家は父親のいない日が多く、自分の家と環境が似ていることもあり、苛められていることも多かったので、大介は自分たちの仲間に入れてやりたいと思っていた。

「弁当は梶田の家で食べればいい」と先生が大介に言うので一瞬戸惑ったが、直ぐに言っている意味が理解できた。

「分かりました。ぼくの弁当、半分やります」

昼休みのベルが鳴ると、新聞紙に包まれた弁当箱を持ち、大介は走って校門を出た。梶田の家は道路沿いに並ぶ二階建ての長屋である。家の前まで来ると、

「おーい、梶田。いるか？　俺だ。おーい、窓開けろよ」

同じように何度か繰り返すと、二階の窓が引っかかりながら開いた。

「なんだ、大介か。何しに来たの？」

「先生が梶田を迎えに行って来いって。弁当持って行けって言ったから持ってきたぞ。半分やるぞ。一緒に食おう」

「分かった。今開けるからちょっと待ってくれよ」

玄関を開けて入ると、昼間というのに薄暗い茶の間に敷いたままの布団があった。お茶もないので欠けた茶碗に水を入れて、部屋の隅に二人で座り、弁当を新聞紙から出して、ふたの上にご飯とおかずを分け、弁当箱の方を梶田に渡すことにした。

「いいのかい？　こっちの方が多いよ」

「いいんだ。おれ、家に帰ったら芋食うから」

梶田は手に弁当を持ったまま、箸をつける前から泣き出してしまった。

「大ちゃん、弁当作ってもらえて、いいなあ。おれん家は米もない、芋もない。お姉も親父も十日も帰ってきてないんだ」

「そうか。おれん家も親父はなかなか帰って来ないけど……」

大介は父のことを思い出して言葉を改めた。父のことを悪く言うつもりはなかったからだ。

「おれのお父さんは、日本を建て直すからって東京に行って、今度の選挙に出て国会議員になったから、家へ帰る暇がないんだ。だから、さびしいけど、仕方がないからな、みんな我慢しているんだ」

「そっかー……。この油揚げ、旨いなあ。焼いたのか？」

「由良ちゃん家の油揚げだよ。朝刊配達に行ったときに、おじさんがくれるんだ。鉄ちゃんが隣町の奴らに苛められてたの助けた時があったんだ。それ以来おじさんが仲良くしてくれてありがとうっていつもくれるんだ。だから鉄ちゃんは俺の子分にしたんだ」

「ふうん。子分か……」

「お前も子分になれよ。カッシュもモーちゃんも組だよ。苛められたら俺が助けてやる。もう誰にも苛められないぞ。な、そうしろよ。おれ、明日から梶田の分の弁当も、おばちゃんに作ってもらうから、いいな」

梶田は大介の言うことをじっと黙って聞いて、何度も手の甲で涙を拭っていた。

その日から大介は梶田の家に弁当を持って行くことになり、家の前まで来て梶田に声をかけると、戸を開けて出てきた。ところが他に何も持っていない。

「おまえ……教科書は？　帳面と鉛筆は？」

梶田は下を向き、細い声で「おれなあ、おれ、勉強わからないし……」

「えぇ、どうして…？　先生知っているのか？」

梶田は首を振るだけだった。

「まずいぞ。またアメリカと戦争する時は頭の戦争だって言われるよ。だから、おれ、勉強嫌いでも頑張るんだ。お前も一緒にやろうよ」

終戦後の世の中は、麦飯が食べられればよい方で、カバンも持たず、風呂敷に教科書、ノート、鉛筆、そして弁当を包んで学校へ行く者が多かった。当時、帯芯で作る背掛けカバンを持てる生徒はかなりの〝お金持ちの家の子〟である。
大介と梶田の組み合わせで通学路を歩くと、先生や生徒にじろじろと見られた。そこへ大介の姿を見かけた田辺、杉浦、鈴木、由良が駆け寄ってきた。気づいた大介は
「おおー。みんな、おはよう」

田辺が梶田を見ながら「お…おはよう。か、梶田、来たのか」

「みんな、梶田も今日から仲間だ。いいな」

田辺はよく喋り口数は少なくはないがどもる癖があり、まだろっこしい話し方で仲間の順序を一所懸命に教えた。

「か、か、か梶田、ゆ、ゆ、ゆ由良ちゃんの、し、し、し下だぞ……」

教室では黒光りする机を前に、鈴木と梶田は国語の教科書の片方ずつを持って読み合っている。

「よ〜し、読み方止め。先生は今日、非常に嬉しい。梶田が来たこと、そして水野が級長らしい行動をとってくれたこと。梶田も水野も、今日の体験は忘れないでほしい。いま日本は、戦争をしかける仲間ではなく、国を立て直す仲間をつくらなくてはならない。今日のことは、クラスみんなのこれからの宝ものになるはずだ。梶田、わかったか。返事がない。堂々と立ちな

さい。」

　梶田は下を向きゆっくり立ち始めた。

「元気よく立て。そして、元気よく返事をしろ。勉強が出来ても出来なくても、そんなことより堂々としていろ。一人きりになるな。みんな、仲間のことを忘れるな。まずスタートラインに立つこと、それだけでいい。ハイ！　とはっきり答えるんだ。相手に対して気持ちよく返事を返すことだ。元気よく返事をしてみろ、梶田！」

「ハイ！」

「よし。それでよし。」

　先生は順番に生徒全員の名前を呼び、元気のない生徒には二回三回と繰り返し、元気の良い返事になるまで呼んだ。

「よ〜し！　最後に田辺」

「ハハハ…ハイ」

「力を入れて元気よく！　田辺！」

「ハハイ」

　田辺が必死で頑張って返事をすると、教室の誰ともなく拍手があちこちから湧いてきた。

「よ〜し！　今日は犬山城小学校三年三組全員揃ったな。元気のいい返事が聞けて、みんなだって気持ちいいだろう。全員、大変よろしい！」

後年、梶田進は中学校を卒業すると同時に就職し、大介は高校に進学したが、以後も大の仲良しとして交友が続いた。

大介に合うたびに梶田はいつも「あの油揚げの弁当が俺の原点だ。先生の言われたとおり、一生の心の宝ものになったよ」と懐かしんだ。

「中川先生は俺にとって生涯の恩師だ」と言うのが口癖だったが、梶田はその後、企業家として一大成功を収め、四十五歳という年齢で不運にも健康を害し、早世した。

その知らせを聞いたとき、大介はもう一度、先生の言った「梶田はおまえたちの戦友じゃないか」という言葉を間近に聞いた思いがした。

梶田の青年期は、〝ひきこもり〟の少年期とは異なり、事業に打込み、日々太く短く駆け抜けた。情熱的に思い切りよく、悔いのない人生を送ることができたはずである。

私は先生じゃない！

久しぶりに実郎が家に帰っていた。秋の陽が沈むと、茜色と黒の夕雲が伊木山の西空に広がって美しい夕焼けを織り成していた。土間には黒くて重い自転車が二十台程並んでいる。土間続きの居間では実郎とキヨが話し込んでいた。

「キヨさんには、歌子の親代わりになって大介たちの面倒を見ていただいて……いやいや、ここは〝姉代わり〟と言うべきだったな」

「ははは。水野さんはいつも口が達者で、冗談ではなく本当に関心しているの。これだけ気を遣って話す人は犬山にはおらんからね。うちの宿六と比べたら、幼稚園と大学生の差じゃ。水野さんの弁論というのはやはり一種の天職じゃね。わたしも産婆が天職」

「ははは。キヨ先生がこの町の子をみんな取り上げて、みんな成長したんだからね。私なんかと違って地に足が付いた革命家じゃ。犬山のジャンヌ・ダルクですな。」

実郎は酒が入ると陽気になるのはよいが、話が大きくなりすぎる癖がある。

「ジャンヌ・ダルとかって何ね？　どこかだるいのかね」

「ははは。まあ、外国で大活躍した女性のことじゃ。それはそうと、今日はおじちゃんは？」

「あの人は、口がおそいからね。偉い人の前には出たくないのさ」

すると、キヨの横にいた大介が、

「ぼくはおじさんを尊敬しているよ。いつもやさしいし、怒るとゲンコツだし、わかりやすいんだ。男同士、いつも腹割って話そう、なんて言うんだけど、でもどうやって腹割るのか、意味分かんないけど、おじさんに嘘だけはつくなって言われたよ。ぼくは、新舞子に行ったときのことが……」

大介は急に気持ちが込み上げて来て、言葉につまってしまった。

キヨは話の矛先をそらそうと子供たちの皿に肉を取り分け、

「ほらほら、今夜のお肉は特別だよ。牛の肉なんて滅多に食べられないからね」

ところが、このままでは納まらない大介は、お膳の上に音を立てて箸を置くと
「この肉は、三浦屋のおじさんがくれたんだ。ぼくはお父さんの買ってくれた肉が食べたいんだ！」

歌子は自分が言いたかった事を大介が代弁してくれたようで嬉しさ半分だったが、実郎をかばうように叱りつけた。

「大介！　いい加減にしなさい！」

実郎は目を閉じて聞いていたが、

「よし、わかった。後で家族会議をしよう。いいな、大介。さあさあ、キヨさん、呑み直しましょう」

大介の抱えている悩みを知っているキヨは、成長していく大介を見て嬉しくもあった。小さい頃から正義感が強い大介は、歩いている道に障害物があると、道をよけて通るのではなく体ごとぶつかって乗り越えていく正直な性分なのだ。

食事がすんで外に出て見ると、今夜は中秋の満月で月明りで路面まではっきりと照らされている。キヨは実郎に気分を直してもらおうと思って、わざと明るく、

「ほら、お月様は今夜も、子どもたちを見守ってますよって」

「ほお、キヨ先生は月と話が出来るんですか？」

「満月で満ち潮、井戸さん家の美里ちゃんは今夜生まれますよ。ここんところ、毎日のようにお産があるんです」

「これをハイカラ語で、〝ベビーブーム〟と言うんですよ。まあこのブームもあと三、四年で落ち着くはずです。今、国会で受胎調整を進めていますから」

キヨは一瞬驚いた顔で実郎を見た。

「受胎調整って……？　それはどういう意味ですか？」

「産児制限ですよ。避妊方法を普及させて、子供の数を抑えるんです」

いろいろなことがキヨの頭を駆けめぐる。産婆の立場から言えば、人間の都合で生まれてくる未来の子たちの幸せを調整したり、制限してよいものか。

「今の日本の状況では、人口の増加は危機的です。東京じゃまだまだ住宅難と食糧難で、ここの比じゃないです」

「それは、食い物と家がないから子供を増やすな、ということですか？」

「まあハッキリ言えばそういうことかな。このまま子供が増え続ければ、国家として財政難に陥る。復興する前に日本国は完全に潰れてしまいます。そこで、避妊法普及のお手伝いを、産婆さんや婦人科の先生方にお願いしようと、いま厚生省で進めているところです」

「私らは〝先生〟じゃありません。産婆は〝むかえびと〟ですよ。この世に迎える前から、〝おくりびと〟の手伝いをしろと言うんですか！」

「まあ、そういうことです。人口増加は日本だけじゃなく、世界的に深刻な悩みなんです。国家としてこれに何とかして取り組む必要がある。食糧難は世界的な問題です。それが再び戦争を起こし、奪い合いの原因となる可能性だってあるんです」

「それはまるで脅しのようだね。天から授かる命の誕生を政治家の判断で人工的に割り切っていいものかねえ。今の時代は食糧不足だからって、そりゃ現状の問題も大事でわかりますよ。でも、それだけで人間の何万年も続いてきた歴史と未来を推し量っていいのかしら。わたしは、産婆として抵抗を感じます」

「ついこの前までは、生めよ殖やせよと女性たちにさんざん言って、今度は〝生むな！　殖やすな！〟というのは確かにご都合主義かもしれません。しかし現状では捨て子の数や、中絶で命を落とす人が増えているし……」

　キヨは実郎の話を真剣に聞いていたが、

「わたしは何十年もこの仕事をしてきて思うんだけど、国民の宝ものを国のご都合主義で断じて処理してしまったら、日本の女性は尻捲って〝子供なんか産むもんか〟と言う日だって来るわね。女は子供を産むための道具じゃない、子を生むということは、母になることだし、それは女の幸福にかかわっているんですよ」

　実郎はキヨの激しい剣幕に驚いて、

「いやこれは失礼しました。でも勉強になりましたよ。私がいま抱えている問題を一番身近な専門家のキヨさんに相談してみたかったんだ。」

「女の子宮はね、命の神様の源に繋がっているの。政治的な判断なんかで、神様を侮ることは恐ろしいことよ。水野さんも、大ちゃんや良夫ちゃんが産まれた時のあの感動を忘れないでください」

「いやあ、適わないな、キヨさんには。だいたい、わたしはふだんからあなたに頭が上がらないけどね」

「それより、大ちゃんのこと、もっと話をきいてあげて。いくら利口な子でも子どもの頭の中では、まだ大人の事情を飲み込むというのはできない相談ですよ」

　実郎は無言で、だが、しっかりした目でキヨの顔を見てうなづいた。

「文句言っちゃったけど、でもまたゆっくりやりましょう。水野さんの話聞いていると、わたしも勉強になる。世の中はどんどん変わっていくなあ、と思います」

自転車に乗って走り去って行くキヨを実郎は頭を下げて見送った。

もう一度、確かめてみよう！

東の空に朝陽が昇り出した頃、
犬山城小学校の通学路を小学校へ向う生徒たちが行く。服装はまちまちで、中には藁草履や木下駄やゴム草履の生徒もいた。この時代は、子供の服装で家庭の良し悪しが分かった。

午前八時半。三年三組の教室では中川先生が出席を取っていた。

「なんだ。今日は欠席が多いようだな」

生徒たちは無言で顔を見合わせた。

「ん……？　梶田、鈴木、由良……水野もか？」

生徒たちは中川の厳しい口調が、やがて怒りに変わって行く様子を見て、自然と顔を伏せがちになり、机の下に目を泳がせている。先生は教壇の机上に置いてある鞭を手にすると、欠席している生徒の机を、風を切るように音を立て叩きながら回り始めた。

生徒たちは、一振りごとにビクついている。

「どこへ行ったか知っている者？　手を上げなさい」

　誰も上げる者はなく、顔を見合わせるだけだった。すると一人の生徒が、

「先生、水野は今日から学校を辞めると言ってました。だから、辞めたければやめろ！　と言ってやりました」

「水野がそんなことを言うなら、今日は先生も授業はしない。先生も失格だ」

　と言って教室を出ようとすると、副級長の五品が、

「先生、待って下さい。朝、大ちゃん……いえ、水野君が私の家に来て、ぼくは今日で学校辞めるから、後は頼む！　と言って……この紙を先生に渡してほしいと、私にもこれを渡して行きました」

「水野の奴、何かあったんだな。どれ、先生に見せなさい」

　その場で藁半紙に書かれた手紙を開いて読むと、

　――先生、ごめんなさい。今日で学校をやめます。わけはいろいろありますが、僕の家は二番目でした。お母さんも良夫もかわいそうです。僕は一番になるために東京に行きます。もう犬山に居るのは恥ずかしいから嫌です。由良たちとは最後なので、今日は許してください。

それから、最後にお願いがあります。教室で鞭を叩くのは止めて下さい。あとは本当にいい先生でした。

さようなら

水野大介

昨夜、キヨが帰ったあとの父との話し合いで、大介は実郎の口から初めて新舞子の家庭のことを聞かされ、大きな衝撃を受けた。

新舞子には大介の姉妹がいるが、嫡男はいないので水野家を継ぐのは大介だと言われ、一瞬にして歌子、実郎に対して強い憎しみが湧いてきた。

キヨや定吉も知っているという。なのに、なぜ教えてくれなかったのだろうか。……考えれば考えるほど、大介はひとりぼっちになってしまった。

大人の世界にも、生まれ育った犬山の町にいることにも嫌気がさし、その夜は一睡もせず、どこかへ行こうと思い詰めた。しかし、考えても考えてもわからないことばかりだった。

それならいっそのこと、父がどんな人間なのか、もう一度確かめてみよう。実郎は十月二十八日に国会議事堂で代表質問をすると言っていた。大母さんも定吉おじさんも、実郎は日本の国の級長だと誉めていた。自分の知らない父のだらしなさを聞かされたのだから、今度は父の立派さも見に行ってみよう。

大介は父を信じるために、その場へ出かけて行く決意をした。実郎は二十二年十月二十八日、日本社会党の議員として代表質問に立つと言っていた。その姿をこの目で確認し、結果次第では東京で勉強しようと考えたのである。

「キヨさん！　居ますか！？」

歌子が血相を変え青山牛乳店の店先になだれこんで来た。

「どうしたんだよ、何があったんか？」

定吉が目を丸くすると、歌子は奥の間の襖を乱暴に開けてキヨに掴みかかりそうになった。

定吉が引き離しながら、

「落ち着けよ、歌さん。何があったか知らんが、落ち着け」

「水野が……！」

「旦那がどうした？」

「大介に話したのよ。水野には、他に家族がいることを。新舞子の家のことを！　さっき学校から連絡があって、それで仲間と四、五人で休んでるって」

「それが私と関係あるのかい？」

「だって、夕べ家の前で長いこと話していたでしょ、あの時……」

泣き崩れる歌子を見てキヨは、

「うーん……もういい。言いわけする気はないよ。私は大介を探す。あんた留守番頼んだよ。釣りは今度にしてね」

「よっしゃ。だけどこんなに広い犬山の町中を探せるか？」

「あの子の事は手に取るようにわかるの。心配しないで待っていな」

キヨはそう言って牛乳十本、げんこつ飴三袋と駄菓子を詰め込み、自転車で走って行った。

犬山城の裏、木曽川の土手河原で七、八人の子どもたちが川に向かって石の飛ばしっこをしている。その中に大介もいたが、大きな石に座って俯いていた。キヨは両手のひらを口に当てて大声で叫んだ。

「大ちゃーん！」

大介はその声でハッ！　としたが、振り向くどころか、より深く俯いた。キヨは駆け寄ってハアハア息をこらえながら、大介の隣に座った。

「大ちゃん、遠足みたいだね。お菓子も持って来たし」

「どうしてここが分かったの？」

「おばさんは、大ちゃんのことなら何でも分かってるさ」

大介は、自分のことを真正面から見てくれるキヨが、うれしかったが何を話していいかわからなかった。

キヨが「おーいみんな、集合じゃ」と水辺に向かって呼びかけると、大介の〝子分衆〟がはずかしそうににやにやしながら寄って来た。

「あんたたち、学校休んだんだって。まあ、たまにはええわ。人生はいろいろじゃ。お菓子持ってきたよ」

そう言うと、子どもたちは無邪気に喜んで飴に手を出し、牛乳を飲んだ。

犬山城を仰ぐこの場所は、定吉に連れらて魚釣りに来た所でもあり、幼い時から大介の大好きな場所だった。

「よ～し、皆よく遊んだら昼からはちゃんと学校に行きなさいよ。わかったね！　二度とこんなことしちゃダメよ。今日のところは、大母さんが許すからね」

子供たちはそれぞれ元気よく返事をした。

「大ちゃん、明日はみんなを連れて先生に謝りなさい。謝る時は決して言い訳はしちゃダメよ。言い訳すると叱られるからね、約束したよ」

「ぼくね、学校辞めると書いた手紙を先生に渡すように五品に頼んだんだ」

「……そこまで考えていたんだね。そうだ。これから二人で買い出しに行こうか？」

キヨの行動力ははじけるばかりで、大介の手をとると電車に乗り込んだ。草色でマッチ箱のような小さい二両編成の名鉄電車である。

窓から外を見るといつもの風景が広がっている。昔なじみの犬山の山と川と野である。

キヨは座席に座って、大介はキヨの前に立って、同じ風景をぼんやりと見つめていた。

「……そうか、中川先生が電車の中で生徒は立ちなさい、大人に座ってもらいなさいって言ったの。そう。あの恐い先生がねえ」

「大人たちが働くおかげで、ぼくたちが勉強できるって言ってたよ。それと、電車が揺れた時に爪先で踏ん張ると、足と腰が強くなるんだ。これをやっていると、剣道の打ち込みがシッカリするって教えてくれたよ」

電車に揺られていると、キヨは大介がどんな気持ちで毎月新舞子へ通っていたのか考えると、もの悲しい気分になった。

「新舞子に行く時は、この電車に乗るんだね」

「うん、もう駅の名前、ぜんぶ覚えたよ。次は柏森だよ」

「そうかい、そうかい。大ちゃんは運転手さんにも、車掌さんにもなれるね」

「運転手さんもいいけど、この電車つくる人になりたいな！」

「そうかい、つくる人かい」

「この前、本町の本屋で見たんだ。アメリカの特急電車は前が流線型で凄いんだ。日本は競争に負けているよ。もう戦争なんかしないで、アメリカに勝つ物作って勝つんだよ。だから早く大人になりたいんだ」

「そうかい、大ちゃんは凄いね。いいこと考えていたんだね」

自分の考えをここまで話し、聞いてもらえたのはキヨが初めてだ。大介は、自分にとってキヨがどんなに大切な存在か、子供ながらに感じ取っていた。

一方、青山牛乳店では、定吉が歌子をしきりとなだめていた。

「そりゃあ、親父としての責任というもんさ。仕方ないさ。いずれどこかで耳に入る話だからな。大ちゃんも他人の口からや噂で知るより、親からじかに聞いた方がいいのさ」

歌子は定吉の話を素直にうなずきながら、しんみりとした顔になっていた。

「大ちゃんは強い男だよ。俺が鍛えたからな」

定吉は歌子に自慢気に腕をグルグル回し、キャッチボールの真似をした。定吉は気が向くと大介たちの少年野球に参加していたのである。

「大ちゃんがいつまでも子供だったら、何も言わずでかまわないさ。だけどさ、いつかはみんな大人になっていくんだ。水野さんは自分でわかっていて、その一歩を作ったのさ。人生にはしかたのないこともあるし、それをまっすぐに受け止めるしかないときがだれだってある。おれは正面から受け止めるほうがいいとおもうね、そんなときはさ、大ちゃんも時間をかけてわかっていくのさ。あいつは大丈夫。しかたないなあって思って、忘れた顔で遊び回ることができるようになるやつや」

定吉は大介が水野に連れられて映画館に行ったときの話をした。水野は大介に天ぷらうどんを頼んで、自分はオシンコ一皿を注文しただけだったという。

「……そのとき、大ちゃんは自分の父親がどんな人か、わかったはずだよ。実郎さんは、おれたちなんかより一回りも、二回りも、大きな人生を背負いこんでいるんだ。それを知っている大ちゃんは大丈夫さ」

第四章　不幸と幸福の味方

木津用水のほとり

キヨと大介が大きなリュックサックに南瓜を詰めて駅で電車を待っている。犬山線の二両電車に乗って、石仏駅の農家に食料を買い出しに来たのだ。

大介は五個、キヨのリュックには十個の南瓜が入れられ、風呂敷には芋や人参を提げていた。

当時の電車のドアは手動式で無人の駅も多かった。電車が入って来ると、ホームで待ち構えた乗客たちが満員電車に乗り遅れまいと無理やり乗り込んで来る。次の少し大きな駅に着いた時、停車した瞬間に誰かがドアを開けてしまったので、ドアに体を押し付けられていたキヨが南瓜のリュックごと線路に落ちてしまった。電車が止まるたびにホームに渡るための板を掛けるような駅で、板を渡す前にドアが開いたので落ちてしまったのである。

大介は大事な大母《おおかあ》さんが怪我したのではないか心配し、怒り心頭に発し、思わぬ行動に出た。

線路の枕木に仰向けになって、声を張りあげた。

「どうしてくれるんだよ！　大切な大母さんをこんな目にあわせて」

　子供とは思えない剣幕であった。キヨは「あいたた、いたたた……、南瓜のお蔭で大怪我しないで済んだわな」と言いながら、駅員に抱えられてホームのベンチに腰を下した。それでも大介は線路から離れようとしなかった。

「大ちゃん、もういいよ。大したことなかったから」と、キヨがたしなめたが、大介はもう後には引かなかった。

「駅長さんを呼んで来てください」

　この騒動で電車は動き出すことが出来ないので、駅員は仕方なく駅長を呼びに行った。もう一人いた駅員は線路に座り込んだ大介を見下ろし、「なんだ、この坊主！」と乱暴に引き起こそうとする。

「大母さんを怪我させておいて、謝らないのか。大母さんの南瓜がみんなつぶれちゃってどうしてくれるんだよ。弁償してください」

「何だ、ガキのくせに、末恐ろしいガキだな。学校に言うぞ！」

「学校でも先生でも何にでも言ってくれ。どっちが悪いんだ」

「大ちゃん、ありがとう、もういいよ。電車が動くんだから、こっちへおいで」

その時、帽子に金色の帯線を付けた風格のある駅長がやって来た。

「あれ、青山の産婆さんじゃないか。どうしたんじゃ。線路にいるのは水野さんのお坊ちゃんだね。いったい、どうしたんだね？　おじさんは、清一の父だよ」

「清一、同じ組の？」

大介はびっくりして起き上がった。そういえば、清一が父は駅長だ、と自慢していたことがあった。当時は、駅長、郵便局長、署長、校長は社会的地位が高く、周囲の人から一目置かれる〝偉い人〟だったのである。

「ははあ、そういうわけか。そりゃ、こっちも悪いわなあ。よしよし、解ったよ。でも怪我しないで本当によかったな、産婆さん。大変申し訳なかったです。その南瓜は全部こっちで弁償するよ。それでいいね？」

そう言われると今まで強気に頑張っていた大介の目にみるみる涙があふれ出てきた。

キヨも大介も、今度は駅長と駅員、電車の乗客たちにも丁重に頭を下げて座席に戻ることにした。

走り出した電車に乗って、二人とも気の抜けた感じでほっとして車窓の風景を見ていると、

「大母さん、もうじき木津用水という駅だよ」

駅名を覚えている大介はいくらかは自慢気にキヨに言った。

「大ちゃん、ここで一度、降りようよ」

「エッ？」

二人は客を掻き分けて用心深くホームに下りた。何もない無人駅である。車掌が来て、

「切符を見せてください。犬山までの途中下車ですね。またこの切符で乗って下さい。今日は大変な目に合わせて御免なさい。又のご乗車をお待ちしています」

車掌はニコニコして言い終えた後、急に厳しい顔つきになり、

「君のおばさんを思う気持ちは認めます。しかし、君の行動により電車が遅れ、多くの人たちにご迷惑を掛けました。その事をよーく考えてみてください」

と言ってピッピッピイーと大きく笛を吹きながら、最後部の扉に向かい歩き出した。その途中でゴミを三つ拾い電車に飛び乗り、ホームの二人に敬礼すると、ゆっくり電車が走り出した。

――この時の車掌が、三十年後に名古屋鉄道会社社長になる竹田弘太郎氏である。〝健全なる身体に、健全なる心が宿る〟大介の小さな胸にも竹田氏の礼儀正しく真っ直ぐな態度が深く刻まれた。

「あの車掌さんな、大ちゃんが線路で大の字に寝転んだとき、おばさんに付きっきりで、怪我はないか、どこが痛いかって心配してくれていたんだよ」

リュックを背負った二人は、田舎道の両側に続くさつま芋畑の中の道を歩いて、水の音が響

き渡っている木津用水路の岸辺に出た。

「うわ〜っ……すごい水の量！　流れが速い！　こんな近くで見たの初めてだよ……」

「きれいだろ、すごい水路だ。大ちゃんにこれを見せたくて連れて来たんだよ」

「ぼくに見せたかったの？」

岸辺の草むらに腰を下ろすと、大母さんが独り言のようにおだやかな声で話し出した。

「昔ね、おばさんは川の流れを見ていて、自分が変わるきっかけになったことがあった。わたしに生きる力を授けてくれた人がいてね。その人のお陰で産婆にもなれたし、定吉おじさんにも出会えたし、犬山の町に戻ってまた暮らすことになったんだよ。この水の流れを見ていると、いろいろなことに出会うことができたんだ。

生きて行くと、いやなことも、いいこともあるよ。良かったり、悪かったりの繰り返しさ。だけどさ、世の中にはずうっと不幸なままの人やずうっと運の悪いままの人だって、たくさんいるよ。不幸続きの人、不運な人からも、新しい命をいただいて生まれてくる赤ちゃんは多いのさ。それで、その子の一生が不運とか不幸かというと、そんなこともないんだよ。長い人の一生のなかでは、いろいろなことが起こるからね。

大ちゃんもこの水をずっと見ていてごらん。水の流れの中には、良いことも悪いこともいっしょに流れていて、どんどんきれいになろうとして流れているんだよ。だから、見ていて気持ちがすうっとするんだ。

大ちゃんはお父さん、お母さんが立派な人だし、幸福な家庭のいい子なんだよ。その上、あんたは強い人なんだよ。そしたら、不幸の味方にも、幸福の味方にもなってほしい、とわたしは思っているのさ。

大母さんはそんな気持ちで、たくさんの子を取り上げて働いて来たの。いいことだけ好き、おいしいものだけ好き、という考え方はどうだろうか。そういう考えは、自分だけいい目に合いたいって人の勝手な考えのような気がするよ。

いいことばかり続くと、その次は悪いことが起きるもんなんだよ。どうしたって、生きていれば両方あるということさ。水は流れながら、きれいになろうとしてきらきら光っている。わたしは花火なんかより、水を見ている方がいいんだ。いやなことなんかみんな忘れちゃうからね」

「ぼく、大母さんが言うほど恵まれてないよ。毎日、自転車預かり所で働いて、新聞配達したり、布団を売りに行ったり、役場に行ったり、それから新舞子にお金を受け取りに行ったり……ぼくは一家の大黒柱さ、運は悪い方だと思っている」

「ははは、大黒柱というのは結構なことだよ。でも、大ちゃん、運が悪い方には入らんなあ。大母さんはそう思うよ。運が悪い人はあんなすき焼き、口に入らんよ。大ちゃんの家は明るく楽しい人たちばかりだよ。だけどさ、そんな大黒柱が家を出て東京へ行ってしまったら、家の人たちはどうなるのかね？」

大介は黙ったまま、水路の豊かな奔流を見つめていた。

「……幸福だなんて思ったことないよ。親が駄目だから、家は貧乏なんだ」

「あらあら。大ちゃん、それは違うよ。大ちゃんの家は貧乏のうちに入らないよ。大母さんなんて、〝貧乏の履歴書〟が書けるぐらいなもんさ」

「この水、どこへ行くか知ってる？　どこから来てどこへ行くか。犬山城の下に、『迎帆楼』があるだろ。それで、その下に取り入れ口があるのよ。そうして、水が不足している知多半島まで流れて行くのよ。でもね、犬山も桃太郎神社のもっと山奥から分けてもらってるんだよ。……犬山という町は、昔から、困ったときにはみんなで助け合う町なんだよ。それが犬山の歴史なの。おばさんはこの町が好きだから、どんなことがあっても〝むかえびと〟を続けて、犬山の町のかわいい子どもたちを一人でも多く取り上げたいのさ。」

用水路の流れを見ながら聞いていたが、上流を目で追った大介が突然大声で、

「あっ！　犬山城が見える。大母さん、ほら、あそこに！」

「そうさ。大母さんはあのお城を、大ちゃんに見つけて欲しかったんだよ」

そう言って、キヨは目を閉じてお城の方へ向いて両手を合わせた。その横で、大介もすぐに

キヨの真似をして犬山城に向かって手を合わせ、何やらつぶやいてお祈りをした。

　キヨは冗談でも言うように明るい声をはずませて、

「さーてと、大ちゃんはどうするの？　学校を、やめますか？」

　大介は遠くの犬山城を見つめたまま、唇をかんでいた。

「大ちゃんにも辛いこともあるだろうが、大人にもそれぞれ大人の事情があるの。お父さんにはお父さんの事情があるさ。おばさん、それを聞いたことはないけど、お父さんはいつか大ちゃんに話してくれるさ。でもそれはもっともっと先のことでいいの。大ちゃんが大人になってからの話だよ。

　大ちゃんのお父さんは、決して悪い人やいい加減な人じゃないよ。あんたは両親を信じていれば、それでいいさ。それより、今、自分がやるべきことを大事にしようよ。大ちゃんは一家の大黒柱なんだろ。大ちゃんがいなくなったら、自転車預かり所や〝将軍〟はどうなるんだい。一番悲しい思いをするのは大ちゃんの大事なお母さんじゃないか。だったら、しっかり学校へ行って勉強しないと。それに、大ちゃんは大将なんだから、もっと自分の仲間を大切にしておくれ。いっしょに巻き込んで英二たちに学校を休ませちゃったのはいけないことだ。……そろそろ行くかね、今日はもうお休みなんだから、早く戻っておじさんの背中でも流してやってね。ここんとこ、大ちゃん来ないから、うちのおじさん、やることなくて困ってるんだよ」

うなずいた大介の顔に、子供らしいあどけない笑顔が戻った。

振り上げた拳

夜明けの道に金の葉をまき散らし、色づいた秋が過ぎて行く。

雲一つない澄み渡った朝の空の下で、大介は日課のラジオ体操を終えると、裏の井戸から水を汲み上げ、台所の水甕が一杯になるまで水を張った。その水の冷たさが近づく冬の足音を告げていた。

台所に居た歌子は、

「大ちゃん、おはよう。昨日壊れた南瓜、美味しそうよ。切るの楽だったわ」

祖母のしゅうはいつも通りだが、歌子は大介に気を遣っているのか、どことなくよそよそしい声だった。

「今日は学校へ行ってね。それから良夫、起して来て。お兄ちゃんが学校行かないと、良夫も行かないって起きないからね。良夫はお兄ちゃんの真似っ子だから、お兄ちゃんらしくしてね」

「ハイ。良夫！　新聞配達行くぞ」

「お兄ちゃん、ぼくもう支度して、ここにいるよ」

昨日は学校だけではなく、こうした毎朝の日課もほったらかしになっていた。

大介はいつもよりも急ぎ足になって、新聞を配って行く。由良の店の前に来るとおじさんがいつもの気遣いで声をかけてくれた。

「ご苦労さん！　今日はオカラも油揚げもいっぱい持っていってな。梶田の分も！」

「ありがとう、でも、どうして梶田のこと知っているの？」

「昨日な、鉄夫が梶田を連れて来てな、いろいろ聞いたよ。水野君はいい級長さんだ。頑張れよ！　皆を頼むぞ」

「はい！　頑張ります」

店中が豆腐の湯気で心から温まるようで、由良の父親の思いが子供心にも強く伝わってきた。新聞紙に包まれたオカラと油揚げの温かみの無言の励ましは、大介の前途に大きな影響を与えた。


大介は梶田の家の前で、新聞紙に包まれた弁当箱を手渡した。

「大ちゃん……、俺、弁当のこと、心配したよ」

「わるいわるい！　でもな、家のお婆ちゃんは、梶田の分は必ず作って持ってくるよ。明治の女だから約束は守るさ。おれには家で一番怖い人だけど、でも好きなんだ」

大介は登校するとまっ先に職員室へ行って直立不動の姿勢で中川先生の前に立った。

「昨日は休んで、御免なさい」

「おまえはこの学校やめたんだから謝ることはない。先生も謝ってもらうことはないぞ」

「でも黙って、学校に来なかったし……」

「黙ってじゃない。ハッキリと辞めると書いて、五品に渡したではないか。水野。お前は四年三組の生徒じゃなくて、級長だぞ。クラス全員をまとめる大事な立場にある。しかも、自分から立候補して選挙で決まった級長だ。自分の勝手や都合で、嫌なことがあったらやめる、そんな無責任な生徒は、先生は知らん。おまえは仲間の期待を無視して踏みにじっていることに気づかないのか。梶田の弁当の一件を忘れたのか。なぜ、人のことが出来て、自分のことができない。責任ある立場の人間を甘やかす気はない」

大介の頬には、大粒の涙が次から次へと溢れ出てきた。先生に言われたことはその通りだと思ったが、何をどう言っていいのか、わからなくなってしまった。

その時、中川の向い側の席に座っている音楽の天野由紀子先生が助言してくれた。

「中川先生、水野君は音楽の時間はリーダーとして全員のことを考えてよくやってくれています。ほかの男子生徒は遊びの時間みたいだけど、水野君はみんなをまとめて、仲間の個性や能力もちゃんと頭に入れてまとめられるいい級長さんですよ。今度の事は、自分のことで頭がいっぱいになってしまったのではないですか。誰だってそういう時がありますよ。もう一度、水野君に考え直す機会を与えてください。級長をやり直してもらったら如何ですか？」

中川先生は大介に「一度振り上げた拳を下すこと、投げ出すこと」がどんなに難しいことかを教えたかったのだが、天野先生の助言を受けてほっとした気持ちもあった。中川先生の机の上には、五品から渡された手紙が広げられていた。

「お前の手紙には、鞭を止めて下さいという一言があったが、やめて行く者がなぜ注文を付けて行くのか。逃げ腰で言葉を吐くな。いいか、水野。物事は何でも正面から言ってみろ。それは生きて行くことの原則なんだ。それから、まわりのことを考えろ。クラスの仲間、両親、兄弟のことを無視してよいかどうか。自分がいかに愚かしいか、よく考えてみなさい」

先生はそう言うと、目の前で大介の手紙を破いてゴミ箱に捨てた。

「今回は天野先生が助言してくださったので元に戻す。出席簿は残っているからいいだろう。ただし、これから教室に行ってみんなにどう話したらよいか。おまえは級長として自分でよく考えろ。考えた上で、もう一度先生のところへ報告に来い」

それを聞いていた天野先生が、ぽろぽろ泣き続けている大介の肩に両手を置いて、

「水野君、良かったね。もう一度、やり直そう。いま、中川先生は大切なことをおっしゃったわ。物事は何でも正面から考えて言え、その通りなんだよ。まわりの人たちのことを考えろ、とい

うのもその通り。二つとも一番大切なことなの。先生も応援するからね」

大介が音楽の授業が好きになったのは、美人の天野先生の影響だった。その天野先生にやさしく言葉をかけられ、涙が止まらなくなった。大介は内心で、困ったなあ、と恥ずかしかったが、人間の心は自分の思った通りには動かないものだ、という発見もあった。——その頃から、大介の中にはもう一人の自分がいて、その自分が自分を観察するようになっていた。

その後で教室に戻ると中川先生は何事もなかったように普通に出欠をとっていたが、教壇の机の上にはもう鞭は無かった。

お天道様に申しわけない

「そろそろ満潮だね。行ってくるわ」

時計を見ながらキヨが言った。旦那の定吉は、好きな酒を飲み、ラジオを聞きながら、腕枕にいつものフンドシ姿で寛いでいる。

キヨは出産予定が過ぎても陣痛が始まらない松原さんの家に電話をした。

「もしもし、松原さん。予定日を過ぎたけど、まだ、何の兆候もないの？　心配で電話したんだけど、お母さんはもう手伝いに来てくれているのね。今度は双子だから少し難儀だけど、心配しないで大丈夫よ」

定吉がキヨに「今日は双子の家かい。一人もらって来いよ。そう言えばさっき、大介が来てたぞ。一日一回は顔見せに来るんだね」

「そうだよ、今日は忙しく出ていたから、大ちゃんの顔見てないの。私も一日一回会わないと何だか淋しいんだよ。たくさんの赤子をお迎えしたけど、あの子は不思議な力を持っている子だよ」

キヨは、先日の駅での出来事を嬉しそうに定吉に話した。

「大坊のやつは小さい頃から曲げないところがあったからなあ。素直なわりには人の言う事きかないんだ。そうか、おもしろかっただろうなあ」

感心している定吉を見て、キヨはふと、大介が生まれた春の夜の光景がよみがえってきた。

――本町通りの満開の桜並木が春の夜の風に心地よく揺れていた。

針鋼神社前広場には、祭囃子の笛太鼓、提灯の点った車山《やま》が出揃い、やがて町内を勇壮に練り歩いて行くと、町の人たちは惜しみない歓声を送った。

歌子の初子の出産はそうした中でのお産であった。出産で陣痛が一時間に六、七回の規則的なペースで始まりだすと、キヨは「まだまだ。落ち着いて、慌てないでね」と声をかけた。

キヨはシミの付いたエプロンに襷掛けのふだん着のままで、「私がついているから大丈夫」

と言わんばかりに落ち着いていた。

「こんなに、こんなに痛いのに、まだですか？　お腹の中で暴れてますよう……！」

「陣痛が始まってそろそろ四時間だから、ひと踏ん張りしますか」

子宮口が完全に開くと分娩が始まる。子宮上部が胎児を押し出すように収縮し、下がった胎児の頭に押されて子宮口が開く。胎児が骨盤内の神経や骨を圧縮する痛み、そして産道を通るため、引き伸ばされる痛みで陣痛が起こるのである。

陣痛までは座っていてもいいが、それからは分娩用の布団に油紙を敷き、そこに横になる。子宮の収縮に合わせて力み、胎児が出るのを助けてあげる感じで力む。ただし、慌てて早い時期から力一杯力むと、お腹《なか》が切れたり生まれるまでに体力が持たなくなることもあり、その時の状態を見て即座に判断しなければならない。そこが産婆さんの腕の見せどころだ。

胎児の背中が歌子の前方を向くと、いよいよ頭が見えて、さらに下降し陣痛も激しくなる。力んで力んでしばらくすると次第に陣痛が収まってくる。何度か繰り返し、その間も胎児の頭が後退しないようにしなければならない。頭が出れば無理に力を入れなくても自然な力で分娩となる。

いよいよ新しい命が、神からの一息の贈り物とともに、〈むかえびと〉の手で取り上げられて、誕生となるはずだった。

しかし、泣き声がしない。キヨは左腕に赤ん坊をぶら下げ、お尻をペンペンして、

「はい、泣いて。はい、大きな声で泣いとくれ。ああ、そうか、赤子はまだ返事も出来んもんな。代わりに私が返事するから、はい、はい、泣いてえ」

すると赤子は、その瞬間、神の啓示を受けたように、〝オギャー、オギャー〟とけたたましい泣き声を周囲に響かせた。

隣の部屋には、実郎と名古屋から来た歌子の母親が、今か今かと待ちかまえていた。

「お父さん、男の子だよ!」

キヨが大声で告げると、その瞬間、ワーッと歓喜のあまり実郎は歌子の母のしゅうと抱き合って喜んだ。はっと我に返った実郎は、「お母さん、ご免なさい」と顔を赤くして謝った。

「もう、部屋に入っていいですよ」

とキヨが静かに呼びかけると、実郎としゅうはおそるおそる障子を開け、歌子の隣に寝ている健やかな赤ん坊の姿を見て、眼鏡を外して幾度も幾度も光るものを拭っていた。

日頃は少し横柄な感じを受けるほど態度が大きい実郎でも、自分の血を分けた分身の前では、ただただ普通の丸裸の人間になっていた。

赤ん坊は、生まれた日から五日間も泣き通しで、毎日顔を出して様子を伺いにくるキヨも「長いこと産婆をして来たが、こんな子は初めてだよ」と困り果てたものだった。

キヨには今でもあの時の光景が、ありありとまぶしく目に浮かんでくる。

「大ちゃんの泣き虫は、あの時からずっとだねえ。やさしくて、激しい気性の子なんだよ。いまでもわたしが戦争中の悲惨な話や肉親を失った人の話をすると、ぽろぽろ泣いているからね。そんな時はいつも、おうおう、大ちゃんの目から大雨が降ってきたぞ。こっちも早く傘を差さなくちゃって言うんだよ」

大介を取り上げた時から、キヨは出産のときには二度続け「ハイハイ」と返事をする癖がついてしまった。定吉に話しかけられても返事は「ハイ」と一度きりだが、出産に立ち会ったときには「ハイ、ハイ」と返事を二度繰り返す癖がついたのである。

「あの子はお祭の日に生まれたから、よけいに忘れられないの。あんたには悪いけど、自分の旦那よりも、生まれて来る赤ちゃんが大切で第一なんだよ。母親より先に、まだ目が見えない赤子がこの産婆の手の上でこの世に迎えられてくる。そうすると、オギャーオギャーというあの泣き声が、ありがとう、ありがとうと叫んでいるように聞こえてくるんだ」

「産婆さん。御説ごもっともですがね、松原さん、待ってんじゃないか。早く行ってやれよ」

「じゃ、今日はサービスで、ハイハイと。では〝むかえびと〟参上といたしましょう」

それがキヨの出番の口癖で、いつものように自転車に鞄と道具を乗せて松原宅に向かうと、母親が玄関まで出迎えて待っていてくれた。

「ああ、今度も宜しくお願いします。これ、家で採れた松茸だけど、召し上がってください」

周りを見渡すが妊婦の恵子の姿がなかった。

「さてと、どこに寝かせましたかな？　二階なの？　二階は駄目よ！　いくら静かでも今度は双子と解っているからね。産湯に浸かるお湯も二人分持って上がるのは、お母さんが大変だから、すぐに一階に降ろしましょう」と二階に上がってみると、妊婦の恵子が寝ている隣の布団には、初男、次男、初江、次代と書いた四個の小さな枕が並べてあった。

まだ男か女か解らないのでこうして間違えないように旦那が準備してくれたのだ。

陣痛の痛みが落ち着いた時を見計らい、キヨと母親が両方から支え、二階から一階への移動が始まった。一人目の時は二階で出産した恵子だったが、「そうですよねえ、おばさんの言う通りで二階では大変ですよね。ううーん。痛い！　大分間隔が短くなって来ました。ううーん、痛い」と、言いながら足もとに気を付けて一階に降りた。

「恵ちゃん、経験者だから少しは楽だけど、前回と同じことをするからといっても気を抜かないでね」

二階に揃えてあった布団一式も一階に移された。

「お母さん、これから二時間ほどかかるでしょうが、一番大事なのはお湯ですよ。手を入れてちょうどいいくらいより、少しぬるくしてくださいね。双子だから綺麗に洗ったその辺にある鍋もきれいに洗って、一杯に沸かしてくださいな」

キヨが言う通り、それから二時間、悪戦苦闘の末、双子の女の子が誕生した。

「お母さん、枕を間違えないでくださいね。初ちゃん、次ちゃんだね、二人並んで美人さんだねえ」

「本当にありがとうございました。これで私も安心しました」

母親は深く頭を下げて玄関まで見送ってきた。

「これで私の大役が終わりました。お乳が二人分だけど、足りないところは牛乳を飲ませてあげてくださいな。うちの店に一杯ありますから。アハハハ」

そう言いながら道具を自転車に乗せ、いただいた松茸を持ち自転車をこぎ出した。木曽川の河畔からふと伊木山を見上げたら、西日が茜雲に染まり、一日の終わりを告げていた。キヨは今日も無事〈むかえびと〉が出来た喜びと、感謝の気持ちいっぱいで帰途に着いた。

数日後、キヨと近所の妊婦の酒井みち子が町の路上で立ち話をしていた。二人の背後では、午後の日差しの中で、犬山の山々の紅葉があかあかと燃えている。

「来年の三月頃だね。産むんだよ！」

すると酒井みち子は少し困った顔をして言った。

「でも五人は大変です。下ろしたいんで、丹波産婦人科に行こうと思っているんです」

「奥さん、貧乏は子供の数じゃあないよ。生まれてくる子には、その子、その子に天が与えてくれた命があるの。一人ひとりにちゃんと徳が付いて来るんだから心配ないよ。きっと大物かもしれないよ。生活なんて可愛い子どもの顔を見ていりゃ、どうにでもやり繰りできるもんよ」

「でも旦那は月給取りだし、急にお給料が増える訳でもないし……」

「何、心配ないよ、この産婆に任せておきなさい。奥さん、四人目の時もそんなこと言ってたの覚えている？　あの時も流したい流したいって私を困らせたでしょう。ところが今はどうよ。旦那さんは子供の相撲大会で、〝将来は大関だ〟なんて言って、顔をほころばせて嬉しそうに自慢してたわよ」

しばらく考えてから酒井は答えを出した。

「わかりました、もう二度と言いません。宜しくお願いします」

「よっしゃ。そうと決まったら手打ちだよ」

食べ物がない時代だったので、年に何人かは同じように迷う人がいた。しかしキヨは、何よりも、与えていただいた命を大切にすることを説き続けた。

「牛乳飲むんだよ、牛乳はお腹の子が一番喜ぶからね。女でもよし、男ならなおのことよし、親孝行な子が生まれるよ。よかった、よかった」

大母さんは、自分で言いながら、何度も何度も頷いた。

犬山祭の山車（ヤマ）の一つ、枝町の「遊漁神」。大介が新聞配達をして居た町内

カッシュが死んだ

昭和二十二年、あと四日で夏休みという日の午後である。

当時はまだ舗装されていなかったが、犬山町の中央を走っている道が大介たちが学校へ通う通学路だった。大介と杉村、松本、耕平、田辺（みんなから〝カッシュ〟と呼ばれていた）の五人組がその道を並んで帰る下校時間だった。

隣町の熊野町に入った辺りで、横にいたカッシュが大介の腕を引っ張ったが、引っ張られる力のほうが強く、後方へカッシュの姿が消えた。一瞬の出来事だった。

どうしたのかと振り向くと、直前に通り過ぎた米軍トラック十輪車の出っ張りが、斜め横に提げたカッシュのバッグの紐を引っかけ、カッシュは引き摺られて頭から血を流し倒れた。

スピードは出ていなかったが、トラックはまだ気付いていない。

大介は耕平の足の速いことを知っていたので、

「耕平、トラックを追え！」

「わかった。カッシュは……」

「ここはおれが引き受けた、早く走れ！」

大介がいち早くカッシュの側に駆け寄ると、杉村、松本も慌てふためきながら後に続いてきた。大介が抱きかかえようと頭に手を当てた時、カッシュの鼻から大量の血がドクドクッと噴き出し、大介の手が真っ赤な血で染まった。

「カッシュ！　カッシュ！　目をあけろ、カッシュ！」

そのとき、声が聞こえたのか、カッシュが微かに目を開き、弱々しい声で、

「大ちゃん……」

これが最後のカッシュの言葉だった。

もうその時は近所の人たちも周囲に集まってきたが、大介には周囲のことはまるで目に入らない。ざわめきのなかで「離れなさい、そっとしておいてあげなさい」という声が聞こえたが、大介の耳には何も残らなかった。

「カッシュ！　何か言ってよ！　カッシュ、カッシュ！」

その時、周囲にいた大人の一人が大介を抱えるようにして、カッシュから引き離したのでふと我に返った。大泣きした顔を、血で染まった手の甲で拭いたので、顔面は血で真っ赤になっていた。

米軍兵を追いかけていった耕平はどうなったろう。前方を目で探すと、トラックの横で耕平が手で合図をした。大介が大声で泣きながらトラックの方へ走り寄ると、米兵も驚いたように

こちらに向かって歩いて来た。怒りが爆発した大介は米兵のところに走り寄って、どろどろした血の付いた赤い手を見せて、

「おまえらがやったんだ！　戦争が終わったのにまだ日本人を殺すのか！　大事な友達を、カッシュをお前が殺したんだ！」

米兵は日本語が通じずキョトンとしていたが、大介の血に染まったシャツや手と、人だかりから大変な事態になったことを理解したようだ。

「アイアムソーリー」と黒人兵がすまなそうにつぶやいた。

カッシュは大きな八百屋の三男坊だった。遺体が山田病院から自宅に戻ると、通夜になった。近所の人たち、同級生、中川先生、一緒に遊んだ近所の子供たち、そして目を赤く腫らしたキヨと定吉が二人で焼香に来た。一緒に学校から帰った仲間たちも全員が体を震わせて泣き続けていた。

焼香が終わりキヨが大介の側に駆け寄って来た。

「大ちゃん、大変だったね。米兵に向かって行ったんだって。アメリカジープが我が物顔で突っ走るから、いつか何か起きると心配してたんだよ」

「ぼくの横を歩いていたカッシュがぼくに掴まったんだ。でもどうすることもできなかった。すぐ隣りを歩いていたのに、ぼくには何もなくてカッシュだけが……」

大介は責任を感じてどうしたらよいか自分を責め続けていた。

キヨは大介を抱きしめて「うん、そうか、そうか……」とうなづき、「……大ちゃんが悪いわけじゃないよ」とつぶやくだけで精いっぱいだ。

キヨは大介をひとまず木陰の石の上に座らせて、自分も向き合ってしゃがみこんだ。

「くやしいな、でも、一瞬のことだったからどうにもならなかったさ」

「あの十輪車がやったんだ。アメリカ兵のやつら、謝りもしないんだ」

そのとき、米兵が二人と日本人一人が焼香に来た。すると若いほうの米兵がカッシュの腫れ上がった顔を見て、たどたどしい日本語で言った。

「ゴメンナサイ！　ユルシテクダサイ。ゴメンナサイ！　ユルシテクダサイ」

畳に頭を擦り付けながら、その言葉だけを三十回くらい繰り返した。一緒に来た日本人が言うには、米兵は三十六歳の兵曹で、日本語でどう謝ったらいいのか言葉を教えてほしいと言うので、「ごめんなさい、許して下さい」を教えたそうだ。

やがてカッシュの一番の友達ということで、米兵に大介が紹介された。

「ダイチャ、ゴメンナサイ！　ユルシテクダサイ。マイフレンド、ダイチャ、ゴメンナサイ！」

と何度も何度も頭を下げて謝るので、さすがに米兵の気持ちに大介の心も動き、「ぼくもごめんなさい」と頭を下げた。一心に頭を下げ続ける兵隊の姿を見て、敵対ばかりし続けるのはいけないと思ったのだった。

おばちゃんの言った通り、突然、不運が、不幸が襲ってきたのだ。米兵ばかり悪いと決めつけても、カッシュは戻らない……。

そのとき、アメリカをあんなに嫌っていた大介の心の底に小さな変化が生まれた。

――自分たちが見て来た戦争中の日本兵は威張ってばかりで、いつも偉そうにしていたが、戦争はあっけなく負けてしまった。そのあとで、責任を感じたり、謝ったりしている軍人というのは見たことがなかった。でも勝ったほうのアメリカの兵隊はこんなに素直であり、とても戦争をして来た相手には感じられなかった。どうして素直でやさしい人たちのいるアメリカに負けたのだろうか？　もちろん、その答えは出なかった。

あとで近くでこの光景を見ていたキヨが大介に言った。

「あれだけ心から誠心誠意お詫びされると、言葉はわからなくても伝わるものは伝わるね。事故だからね。悲しくてやりきれないだろうけど。でも怒ってばかりいるんじゃなくて、相手の立場を汲んで頭を下げた大ちゃんはよかったよ。大人のおばさんがおどろいたよ。強いばかりが勝つんじゃないってことだ。あの米兵さんは戦争でみんなを傷つけてしまった。もしかしたら、その分まで謝っていたのかもしれないね」

「中川先生は〝アメリカと戦争しても勝ち目はない。勉強をしてもっと賢くなれ〟と言うんだ。

戦争するよりもお互いのことをもっと知ることが大切だって……」

大介はカッシュの遺影をじっと見つめた。心のなかで話しかけてみたいが、言葉が出てこない。死んだということが信じられない。

親友をこんな形で亡くした悲しみは消えなかったが、この事件でアメリカを見る目が変わったことは確かだった。戦時下に大人たちからすりこまれた「鬼畜英米」は、実際に会ってみると犬山の町の人と変わらないごく普通のおだやかな目をした人間だった。この件を境に、アメリカに対する闇雲な憎しみや敵対心というものは大介の中で少しずつ薄れていったようだった。

そして、町で米兵を見付けるとそれまでは拒絶してきたガムやチョコレートも受け取るようになり、近づいて片言の英語で挨拶などもするようになった。

「ミー・ジャパニーズボーイ、マイフレンド」

犬山で日本の子供として米兵と握手したのは、おそらく大介が初めてだったかもしれない。

数カ月後、大介の父・実郎が二回目の選挙のため、地元の犬山に戻って来た。

その夜、定吉・キヨ夫婦を自宅に呼んでいつものように〝すき焼き鍋〟を囲むことになった。

水野は、選挙活動で日焼けして黒人のようになっている。いかにも政治家らしい風貌が身についで来た。その黒々とした顔が、酒が入って赤くなって茶色になっている。

「わあ！　今日は牛肉じゃないですか。実郎さんは顔が広いから」

「名古屋の知人が持ってきてくれたんですよ。家の子は青山牛乳店に入りびたりだからね。取り上げてもらってアフターサービスまでしてもらって、頭が上がらないからね、まあ、こんな事でしかお返しできなくて。それはそうと、田辺君は気の毒でしたな。難しい事件で日本中、これと似たようなことが頻発しているんです」

そこへ、祖母のしゅうが鍋にネギを入れながら、

「大介が一人でアメリカ兵に立ち向かっていったそうだが。あの子はきかん気が強いから危ないことするしなあ。まかり間違えば大変なことだった。キヨさんがそばで見ていてくれたそうで。助かりましたわ。よく聞き分けてくれたわ」

「米兵に怒鳴りこんだのは、よくおぼえていないよ。カーッとして、興奮して、爆発しそうだったんだ。カッシュは一番の友達だもん」

大介はカッシュが死んだことが実感できなかった。呼べばすぐそこにいそうな気がしている。カッシュの家へ行ったら、「なんだ、なんだ」といつもの調子で笑いながら出てきそうな気がしていた。

「謝りに来た米兵は、日本語でゴメンナサイ！　ユルシテクダサイって言ってきた。悲しい目だったから、相手の気持ちが通じてきたよ。アメリカ兵だからって悪いやつばかりじゃないいんだと思った」

「そうか。カッシュのことは思っただけでつらいな。お父さんもちょっとだけ野球やったことあったな。……子どもでも出会いと別れがある。人生というのはこの二つがセットになっているのかなあ、キヨさん」

「ほんとにねえ。戦争中はずいぶん悲しい思いをしたけど。またこんな……」

「でもぼく、米兵と仲直りの握手もしたよ」

「そうか。大変だったが、勉強になったな。アメリカ人だって、犬山で暮らす人たちと変わりないのさ。親がいて、子どもがいて、学校があって、役所があって……、一人ひとりはみんな普通に暮らしているんだ。戦争に負けた日本人はそれを理解しておく必要がある。黒船到来に驚いた時代じゃないんだからね」

「水野さん、あんたにはがんばってもらわんとな。二度目の選挙は大事やね。勝って下さいよ。私も応援していますからね。これからは水野さんみたいに積極的で民主的な考えを持つ人が明るい社会を作っていくことになるのだから、お国のために、シッカリお願いしますよ」

「ありがたいことです。私はね、働く者の気持ちがわかる政治家をめざしています。人間とはなにか。動物とどう違うか。それはみんなが働いているということですよ。労働と言うものが人間の歴史と文化を築き上げて今日がある。そのためにはみんなが公平に働いて利益を得る基盤が必要なんです。日本を建て直すということは、言いかえれば汗を流す者が報われる社会をみんなで育てていくということですよ」

「さすがだねえ。ちょっと水向けると、止まらないね。立派な政治家におなりなさって」と定吉がほめたのか、冗談を言っているのか、わからない口ぶりで言った。

「でもねえ、日本は戦争に負けてよかったわね。結局。負けなかったら、水野さんがここで民主的なんて言葉を使って、みんなですき焼き鍋なんてつついていられなかったよ」とキヨが言った。

「天皇とか軍部とか、そんなことはもういいんだ。民主主義というのは、この町で暮らす人たちが主役になるように国づくりをするということですからね」

そんな話をする父親は家にいるときとは別の顔、別の人間になっている、と大介は思った。

第五章　大介と国会議事堂

お父さんの名刺

東京駅八番線のホームに降り立った大介は、人の多さと動きのめまぐるしさに目を丸くして立ち尽くした。

――大勢の人たちが、なぜこんなに急いで歩いているのだろう……。

犬山ならばお祭りや運動会などで町の人たちは同じ目的・方向に向かって人の流れができるが、ここでは大群衆が違う目的・方向に向かってそれぞれに集まり、散じている。

名古屋から六時間以上も汽車に揺られ続けたせいか、不安と緊張が渦巻いて熱が出たようにぼんやりしてしまう。駅員に聞いて約束の丸の内中央改札口前に行くと、父の事務所の書生の山田真一が打ち合わせ通りに迎えにやって来た。

「やあ！　よく来られましたね、長旅で疲れたでしょう。お一人だから少し心配でした。まず、荷物を置きに行って、それから何か食べに行きましょう」

丸の内側に出たが、戦争が終わって数年を経過したとは言え、辺り一帯はまだ広大な焼野原だ。ぽつんぽつんと大きなビルが疎らに建っていた。

中川先生は教室で「日本を建て直すというのは、今、この眼に映っている姿をどうするか？　皆で力を合わせてやることだ」と言っていたが、小学四年生の大介にはあまりにも大きな問題提起で何も実感がわかなかった。

しかし、こうして東京の景色を目の当たりにすると、「日本を建て直す」という言葉の勢いが迫って来るようだった。

山田と皇居のお堀端に沿って日比谷方面に出ると、前方に目的の国会議事堂が西洋のお

戦後間もない東京駅周辺の様子。国民は復興に向けて全力で日本の底力を結集した。

城のように眼に飛び込んで来た。

「山田さん、あれが国会議事堂ですか？　すごいなあ」

「そうです。明日、行く所ですよ。今日はホテルに泊まります。そこは外人の泊り客であふれていますが、何も心配することはないからね」

「外人がたくさんいても大丈夫です。ぼく、外国人を毛嫌いしたり、憎んだりしてません。もう戦争やろうとも思わないし」

山田は実郎から、大介は今もアメリカと戦争をする気になっていると聞かされていたので、思い出し笑いをしたような顔で振り返った。

「それはよかった。これからは、国際社会に仲間入りする時代だからね」

山田は大介が不安にならないように、しっかり手をつないで歩いていた。初めて見る首都東京の復興と、大介をグイグイと引っ張る山田の手の温もりは未来への道案内のように大介の胸に快く感じられた。

——何だかわからないけど、日本は今、大きく動いているんだ……！

それだけははっきりと伝わってくる。その日、実郎のスケジュールに余裕がないため、山田が夕食が終わるまで一日中東京の街を案内してくれた。

翌朝、山田がホテルに迎えに来て議事堂まで歩くことになった。議事堂の門前に着くと一時停止し、国会を見上げて大きく深呼吸をしてから入って行った。

山田は議事堂内の食堂に行き、麦飯の上に卵焼きで丸めたオムライスを御馳走してくれた。大介は議事堂の中に食堂があることに驚いたが、その注文したオムライスが今まで食べたことがないくらいおいしかったので、二度びっくりした。

山田に二階の傍聴席に案内され、最前列に並ぶと、議員が大勢集まり始め、議事堂の広い内部のざわめきが響き渡り、大介は子供心にも心高ぶっていく自分を感じていた。

午後一時、開会の挨拶が議長の第一声で始まり、議事が進行していった。

「これより臨時農業生産調整法案について自由討論する会議を開きます」

いよいよ父・水野実郎の出番が近づく。五人が壇上に上がりそれぞれの質問が終わり、壇上を降りた。議長が「安平鹿一君！　発言者の指名願います」と呼びかけると、

「日本社会党は、水野実郎君を指名いたします」

松岡駒吉議長が「水野実郎君！　発言を許します」と言った。

壇上に立った水野実郎は会釈して発言に入った。

「臨時農業生産調整法案の自由討議に際しまして、本法案に対する所信の一端を申し上げたいと存じます」

すると、あちらこちらから「退場！　退場！」と野次が飛び、離席する者が出て、議長が「静

粛に願います！」と大声で呼びかけたが、実郎は臆することなくそのまま自分の意見を発表し続けた。

「只今、自由党の岩本君より……」

実郎の演説は続くが、三時二十九分になると議長は「水野君、チョットお待ち下さい。この際、暫時休憩致します」

そこで大介と山田は実郎と合流して控室に移動した。実郎は一緒になった他の議員たちに、自分の息子だと紹介した後で、分厚いフワフワの国会の赤い絨毯を踏ませてくれた。

「大介、今夜は一緒に飯でも食いたいんだが、七時から引き続き議会が行われる。遅くなるからホテルに帰っているか？」

「お父さんがやるんだったら、また聞きたいです」

「よし、難しいかも知れんが、聞くだけ聞いてみなさい。これからは米作りから日本を建て直さなければならん。今日はその話を議論をしているんだ。今の日本には、とても大事な事だからな」

短い休憩だったが、国会の審議の合間に父と一緒に過ごせたことは大介にとって大きな感動だった。ここに来て、仕事場の父の活躍を目にしたことで、それまで見たことのない父の偉大さを知り、顔が赤くなるほど嬉しかった。

国会審議が再開すると、引き続き実郎の議会発言がハッキリした口調で始まった。

「これからは、戦車をつくっていた鉄で、農機具をつくる。日本の復興の必要条件が重要農産物・米・麦・芋・大豆などの計画生産と主食供出の確保にある事は、明らかであります」

夜遅くまで続いた議会は、その後も党内での会議があり、大介は山田に送られてホテルに帰った。緊張しっぱなしでさすがにくたびれて声も出ない。

「大介君、よく辛抱してあそこで見ていたね。大人だって眠っちゃう人もいるよ。最後まで文句も言わずに我慢しているので驚いたよ」

「内容はわかんないけど、お父さんがいるからわかるような気がして、あきませんでした。仕事をしているお父さんを見られてよかったです」

「そうか。お父さんは、ほんとによくがんばっているからね。わたしたちも励まされるんだよ。じゃあ、今日は大変だったけど、よかったな」

その翌日も実郎が多忙だったために、汽車の出発する寸前まで山田が付き添って父の仕事のいろいろな話をしてくれた。どれもこれも初めて聞く話ばかりだった。お菓子と弁当を買ってくれて、「また東京に来るんだよ。こんどは後楽園も案内するから」

日本国有鉄道東海道線。モクモクと煙を吐いて走る蒸気機関車の車中で大介は、昨日見た父の議会の場面や、父の発言を思い出していた。

ポケットから実郎から貰った名刺を出して見た。「全国農民組合常任中央委員　水野実郎」となっていた（これは現在の全国農業協同組合である）。

二等車の薄暗い灯りで小声でたどたどしく読み返していると、向かいの席に腰かけていた紳士が「おや。子供なのに名刺を持っているのかい？」と声を掛けてきた。

「この名刺はお父さんのです」

「はは。お父さんの名刺か。よかったらおじさんにも見せてもらえるかい？」

「読むだけならいいけど」

「ふむ。君は、この方のお子さんということかね？」

「そうです。もう一枚ありますけど、見たいですか？」

「ははは。それは見てみたいね」

大介は胸ポケットからもう一枚を取り出し渡した。「日本社会党衆議院議員　水野実郎」となっていた。

「やはりそうか。君はこれから新舞子まで帰るのかね？」

一瞬、大介は返事に詰まってしまった。

「お父さんを知っている人ですか？」

「一番の新舞子です」と嘘をつけばいいのか、「二番の犬山です」と本当のことを言えばよいか、大介はどう答えたらよいか、わからなかった。

「新舞子じゃないです。二番の犬山の子ですから、犬山に帰ります」

「二番の犬山……それは、どういうことかね?」

大介はまた混乱し、上手く答えられなくなり、「……席を替わります」と言って立ち上がり、網棚の荷物を取ろうとした。

「ああ、ちょっと待って。おじさんには、一番二番は関係ないよ。君はおじさんが大変お世話になった先生のお子さんではないかと思って聞いたんだよ。おじさんはね……」

と言って分厚い名刺入れから一枚を取り出し渡した。

見ると「知多乗合自動車　株式会社　代表取締役社長　土川光男　愛知県知多郡大田川名鉄駅前」となっている。大介が新舞子に行く時の途中の大田川である。

「ぼくの名刺はないからいま直ぐに書きます」

大介は東京駅を出た時から、駅の名前を書き綴っていたノートの一枚を破り取り、いつもの癖で鉛筆をなめてから、「犬山城小学校　四年三組　級長　水野大介」と書いて渡した。

「ははは。これは立派な名刺だね。やっぱり、水野先生のお子さんか。私は、知多郡でバス会社をやっていてね。バスの路線運行許可を取るためにお父さんの水野先生には、いろいろお骨折りを頂いてお蔭でバスを走らせることが出来たんだよ。日本を建て直すには〝まず交通網の整備と物流網の活性化が大事〟とおっしゃって日本国民のため、また地元の知多や犬山のために水野先生は国会議員となって頑張って下さっているんだよ。昨日は先生の代表質問だったけど、君はまさかそれを聞きに行っていたの?」

「はい」

「そうか、おどろいたね。やっぱり先生のお子さんだ。お父さんの仕事を見に行ったのか。それはよかった。いつか、君もお父さんのお仕事を手伝うときがくるよ」

大介は父に対して、不満な気持ちがなくなったわけではなかったが、今度の小旅行で自分の知らない父の顔があることは確かめられた。その上、偶然とは言え、隣りに座ったやさしそうなおじさんが父の友人であり、父のことを偉大な人であると教えてくれたので、すっかり誇らしい気持ちになってきた。

——お父さんは、いつもは大母さんやおじちゃんといっしょに酔っ払って流行歌ばかり歌っているもんな。酔っ払った次の日には家にはいない人だものな。

子どもにとって、何をしているかわからない人、それが父だったのだが、今回は自分の目で父の働く姿を見ることができたし、周りにいる大人たちも父を応援してくれている。

土川光男は大介の手を両手で持って上下に揺さぶり、

「じゃ、大介君とは友達になろう。今度はお父さんと一緒にまた会おう」

水野大介（大ちゃん）：
小学４年生で父親を慕い上京、国会へ初登院し深紅のジュータンを踏み、初めてオムライスを喰べた。

と言ってくれた。この土川光男は、時代の流れと共に知多乗合自動車を名鉄電車と合併し、後に名古屋鉄道の社長になって敏腕をふるった人物である。

国会の紙芝居

教室の窓から、ポプラの木の葉っぱが風に飛ばされていくのが見える。

全員の出席を取ったあとで、中川先生は、大介の顔を見てニコニコしながら、

「水野、三日の休みは大きいぞ。シッカリ勉強して取り戻せ！」

「ハイ！　頑張ります」

「それからな、おまえ、東京に行って見てきたこと感じたことを、ここでみんなに報告しなさい。方法としては、紙芝居にするとわかりやすくていいだろう。筋書は水野が書いて、絵はこの組で一番上手い高木守、おまえがやれ。二人でがんばってみろ。十日以内につくってみんなの前で発表しなさい。いいな」

その日から二人は、学校の帰りに高木の家で紙芝居の制作に取り組むことになった。

父と議事堂の中を歩いた時の感想と、代表質問やその時の雰囲気、国を想う人たちの熱気を子どもの目線で絵にしたものだ。二人は夢中になって、『国会と赤いジュータン』『稲穂と一本

足のかかし』の二巻を作った。

父は代表質問の中で米の大切さを訴えていたので、日本がこれから生きて行くためには、米の生産が中心となっていくことを表現するために、一本足のかかしが口をへの字にして雀からお米を守ろうとする姿になぞらえて話を作ったのであった。

また、父の事務所の山田真一は、東京駅の広場で、どのような状況になっても、人は生きる望みを捨てずに「やれることがあり、やれることを伝えたい」という思いがあるから、目や手足などに傷害が残った白い服の傷痍軍人が、大勢の人が集まる東京や名古屋の街頭でハーモニカを吹いたり唄を歌ったりしているのだと教えてくれた。

傷痍軍人の必死に生きようとする姿を見て、「一本足のかかし」の話を思いつき、大介はその様子も紙芝居に入れて発表することにしたのである。

制作期間の十日はあっという間に過ぎ、紙芝居を発表する日が来た。

壇上の中川先生の机上には、段ボールで出来た紙芝居の舞台が置かれている。高木と大介は緊張気味で、他の生徒は静かに席に着き、中川は最後部に椅子を置いて座った。

「では、始めます。最初は『国会と赤いジュータン』です。

ぼくは十月二十七日の月曜日から二十九日の水曜日まで、学校を休んで東京の国会議事堂に行って来ました。

ぼくが一番驚いたのは、議事堂の中で歩くところはどこも、真っ赤でフカフカなジュータンが敷き詰められ、布団の上を歩いているみたいだったことでした。

ぼくはお父さんに、どうして真っ赤なのか聞きました。すると〝この国会に来た人は全国から選ばれて代議士となり、日本国の憲法を守り、国の発展と安全のため、志を熱く真っ赤に燃やし、人類が平和になるよう、国民が幸せになるよう、国民のために赤い血を燃やし、働くことを忘れないように、といういろいろな思いのこめられた赤い色のジュータンなんだ〟と教えてくれました。

そして、議会に入ると難しい言葉がいっぱいで、ぼくはよくわかりませんでしたが、戦争が終わった日本をよくしようと、皆、夜中まで会議していました」


高木守が大介の言葉に合わせて絵を変えて行く。守は図書館に行ったり、新聞の切り抜きを集めたりして、国会の詳しい様子を伝える絵を書いてくれた。

家で二人で打ち合わせて何度も練習して来たので、進行のリズムがうまくかみあって上手く進められた。

「次は、『稲穂と一本足のかかし』です。

秋になると田んぼ一面に金色の稲穂が垂れ下がります。その広い稲の穂の海のまん中で、雨の日も風の日も、いつもたったひとりで一本足で立っているかかしさんの辛抱強さは、たいへんなものです。

あるとき、夜通し強い風と雨が吹き荒れる嵐がやってきて、かかしさんを横倒しにして過ぎ去りました。かかしさんは一本足なので起き上がれないまま、朝になってしまいました。頭の笠と蓑はどこかへすっ飛んでしまい、つぎはぎだらけの野良着も破けてしまいました。横に倒されたままじっとしていると、辛抱強いかかしさんの目にも涙があふれてきました。自分があわれに思えて、くやしくてなりません。

すると、空からカラスが飛んで来て「かかしさん、私があなたの髪の毛になろう」と言ってかかしの頭にとまりました。笠がなくなったため、丸いはげあたまになっていたかかしさんは、黒々としたかつらをかぶったような顔になりました。

間もなくしてお百姓のお婆さんが通りかかり「かかしさん、笠がなくなったのかい？　この手拭いで頬かぶりをしてあげよう」と言って、ついでに「ヨイショ」と斜めになっていたかかしさんの体を起こしてくれました。

かかしさんはみんなの親切でもとどおりに元気になり、また、スズメを追い払う仕事をしました。昼も夜もいっしょうけんめいに働いたので、スズメたちはかかしさんに悪いと思って、稲穂を食べるのを止めてイナゴや害虫を取ることにしました。

あるとき、手拭いをくれたおばあさんがまたやってきて、

「かかしさんがいつもがんばってくれているから、安心してお米が食べられますよ。ありがとうね」と言って両手を合わせてお祈りをしました。すると、空から風が巻き起こって、かかしさんがおばあさんにぺこりと頭をさげたのです。

「おや、まあ」と思っておばあさんが目をぱちくりすると、また風が吹いてかかしさんの体がもとに戻りました。一本足のかかしさんは、体を起こすと「へのへのもへじ」の顔がいつのまにか「へのへのもへい」に変わっていました。

おばあさんは、「かかしさんは一本足で昼も夜も働くせいで、だんだん人間の顔に近づいてきたね。二本足のあたしたちも感謝してお米を食べますからね」と言いました。

今日もかかしさんの頭の上には、青い青い空が高く澄んで広がっています。

一本足のかかしさんに比べると、ぼくたちは二本足だから、かかしさんを見習ってもっともっと勉強したり、家の仕事を手伝わなくてはなりません」

大介は父が話してくれた「米作りの苦労」を思い出しながら語り終えた。

高木の描いた絵は、どれ一枚取っても、それぞれの表情・色合いが素晴らしい出来栄えだった。クラスみんなからは大きな大きな拍手が巻き起こり、中川先生も顔を赤くして手をたたいて満足そうだった。

この二つの紙芝居は、学校内で評判となり、昼休みの時間を利用して、各教室に出向いて見せるようになり、学校では大介と守を「紙芝居のお兄ちゃん」と呼ぶ生徒もいた。

この時の体験がきっかけになったのか、社会人になった高木は自分の才能を生かし、デザインの道に進んで名古屋で一番の広告看板会社の社長になった。

ところで、その日の下校途中のことである。後方から大介を呼ぶ大声がした。

「水野！　水野！　今日の紙芝居、すごくよかったよ」

振り向くと同じクラスの金本茂夫だった。金本は北朝鮮系の在日朝鮮人の二世だ。学力はその負けじ魂で、日本人に負けまいといつも猛勉強していたので成績は上位だった。

「おまえたちのつくった紙芝居を見て、日本は必ずよい国になる、と思ったよ。ぼく、日本に残って水野たちの仲間に入りたいよ。入れてくれよ。な！」

「そうか。だけどぼくは、もう戦争はやらないことにしたよ。でも剣道だけは続けるぜ」

二人で楽しそうに話しながら歩き、お互いの家の方に手を振って別れた。

金本もこの時の紙芝居がよほど印象に残ったのか、それから何十年経った同窓会でも、大介に会うと「水野、あのときの国会の紙芝居は、俺の自慢だぞ！」と口癖のように繰り返し言っていた。

マッカーサーとパチンコ屋

話を少し前に戻して、戦後の日本の社会・背景について思い起こしておきたい。

昭和二十一年（一九四六）に日本国憲法が公布され、昭和二十六年（一九五一）には連合国と日本の平和条約（サンフランシスコ講和条約）で講和が完了し、日本は主権を回復した。アメリカ軍は昭和二十年（一九四五）八月末から日本本土進駐をはじめ、九月二日には降伏文書の調印が行われた。

連合国の占領政策決定の最高機関は極東委員会と、最高司令官の諮問機関として対日理事会が設けられていたが、占領政策はほとんどアメリカ主導で進められた。

アメリカ軍が朝鮮半島南部および奄美大島・琉球諸島を含む南西諸島と小笠原諸島を占領し、ソ連軍は朝鮮半島北部・南樺太・千島列島などを占領した。台湾は中国に返還され、日本の主権は四つの島と連合国の定める諸小島に限定されたのである。

昭和二十年八月十四日、アメリカの太平洋陸軍総司令官ダグラス・マッカーサー元帥は連合国軍最高司令官に就任し、総司令部（ＧＨＱ）の指令を受けて日本の政治機構を利用し、占領政策を実施する形で「間接統治」が行われることになった。

連合国軍最高司令官総司令部（ＧＨＱ）とは、太平洋戦争（大東亜戦争）の終結に際してポツダム宣言の執行のために日本において占領政策を実施した連合国軍の機関である。総司令部（ＧＨＱ）の最大の狙いは、日本の軍部・軍事力の解体であった。

マッカーサーは、日本の憲法改正に際して守るべき三原則（マッカーサー・ノート）を提起した。

その内容は、主権は国民に存するとした「国民主権」、法の下の平等及び自由権・社会権・参政権・国務請求権などの権利を保障する「基本的人権の尊重」、戦争を放棄し、国際紛争を武力による威嚇または武力の行使によって解決しない「平和主義」の三つで、天皇は日本国および日本国民統合の象徴とされ、天皇の国政への関与は禁じられた（象徴天皇制）。

時の第四十四代内閣総理大臣幣原喜重郎、外務大臣吉田茂は憲法の条文に「戦争放棄の条文」を入れるとは考えもしなかったろう。

マッカーサーは、日本を中立・非武装化して、思想、信仰、言論等を制限していた法令を廃止し、政治の民主化、政教分離などを徹底するため大日本帝国憲法の改正、財閥解体、農地解放などを図ったのである。

具体的には、民主国家にするための国民意識の改革として、「婦人参政権」「労働組合法の制定」「教育制度改革」「圧政的な法制度の撤廃」「経済の民主化」の五大改革指令を発し、日本政府に実行させた。

労働組合はすぐに解禁され、男女同権論に基づく婦人参政権は直後の衆議院選挙から実行された。経済界においては、経済民主化のため、三井・三菱・住友・安田の四大財閥が解体された。さらに、地方自治法が制定され、都道府県知事が選挙によって選出されることとなり、中央集権体制からよりゆるい地方分権へと移行させた。

日本の占領政策をアメリカは自賛したが、もともと日本は明治天皇を拝し世界に通じる立派な憲法を持っていたし、二大政党による政党政治も経験済みで、一般国民は大正、昭和初期のデモクラシーの洗礼を受けている。

こうした前段階があればこその「民主主義」と「自由主義」の浸透であり、当時の国民が抵抗なく受け入れることができたのである。

また、昭和十三年から十七年までは国民共通の権利として「国民健康保険」「職員健康保険」、「厚生年金」等を創設し、福祉国家への道も既に模索されていた。

しかし十五年戦争に突入して軍備増強路線を拡大したことにより、国民福祉制度で集まった保険料も軍事費に配分され、福祉社会への可能性を摘み取られてしまった。

終戦によってこうした軍人や強硬派政治家・官僚が失脚し、敗戦後の社会に誕生した議会政治では、昭和二十二年には社会党が第一党となり、日本初の無産政党出身の片山哲が総理大臣となった。

しかし片山内閣は連立であったため、積極的な社会主義政策を実施に移せず、党内左派の攻撃にあって一年足らずで倒れ、片山政権は総辞職し、吉田茂らの国際協調派が主導権を握ることになる。吉田内閣は戦後経済復興のために、非軍事民主国家建設によって国際的な評価を得るべく、連合国軍の政策を忠実に実行していった。

当時の国民生活は、敗戦によって徹底的に破壊され、混迷の極みにあった。都市は空襲により焼け野原と化し、国民は防空壕やバラック小屋で生活し、復員兵や引揚げ者で人口が溢れ、食料等の極度の物不足の中で耐乏生活を強いられていた。国内経済の壊滅により、生産活動・水準も低下し、加えて終戦処理などの影響を受けて猛烈なインフレーションが発生した。

こうした国民生活の危機は大衆運動を高揚させ、労働争議が頻発した。

戦前日本の経済は、戦争を「山」「谷」とする好景気と不景気の波を繰り返していた。日露戦争前後の不景気、第一次世界大戦中の好景気（大戦景気）、第一次世界大戦後の反動不況（戦後恐慌）といった現象が続き、太平洋戦争（第二次世界大戦）の敗戦による軍需産業の壊滅、復員兵の帰還等による人口・失業率増加により、日本経済は再び壊滅状態に陥っていった。

そうしたなかで昭和二十五年（一九五〇）の六月二十五日、朝鮮半島で戦争が勃発し、この戦争が景気回復の引き金となって日本経済は再び急速な立ち直りを見せて行く。

突然、北朝軍が国境三十八度線を越え韓国に侵入し勃発したのが、南北戦争である。

第二次大戦は日本の敗戦により終結を迎えたが、当時は米ソの間に火種が蔓延し、分割占領下にあった朝鮮では、昭和二十三年（一九四八）にソ連占領地に朝鮮民主主義人民共和国（北朝鮮）、アメリカ占領地に大韓民国（韓国）が建国され、分断状態が続いていた。

北朝鮮軍は韓国軍、アメリカ軍の油断をついて攻撃を仕掛け、三十八度線の東と西、中央と三方向から南下し、たちまちソウルを占領した。

アメリカ政府は急遽マッカーサー元帥を国連軍の最高司令官に任命し、日本に着任していたアメリカ軍三個師団を朝鮮半島に送り込んだが、北朝軍の勢いは止まることがなく、国連軍と韓国軍は韓国の最南島のプサンまで追い詰められた。

マッカーサーは一師団を朝鮮の仁川に上陸させ、北朝鮮軍を一気に包囲する戦術を取り、北朝鮮軍は撤退せざるをえなかった。国連軍は勢いに乗り、北朝鮮の首都ピョンヤンを攻略し中国の国境まで追い詰めていったが、毛沢東の命令により中国軍が大挙国境を越え、国連軍を攻撃して来た。その人海戦術に国連軍は北緯三十八度線付近に撤退し、戦線は膠着した結果、翌年から休戦会談が始まり昭和二十八年七月に休戦協定が調印された。

最高司令官マッカーサーは、中国本土へ原子爆弾の使用を主張し、当時の大統領トルーマンから国連軍最高司令官を解任されてしまう。

日本はこの戦争で戦後初めての好景気に沸き、国民の生活は活況を取り戻していった。深刻な不況に落ち込んでいた日本経済は、この朝鮮戦争で息を吹き返し、朝鮮戦争における在朝鮮アメリカ軍および在日本アメリカ軍から日本に発注された物資・サービスによる朝鮮特需によって景気が大きく浮揚して行く。

米軍の膨大な特殊需要（特需）や国際的な軍需景気による輸出増加も加わり、繊維・金属を中心に特需景気が起こり、鉱工業生産も一九五〇年代はじめには戦前の水準に回復し、昭和二十六年以降、政府は基礎産業に国家資金を積極的に投入し、電力・造船・鉄鋼などの産業部門は活発に設備投資を進めていった。

犬山の町にもそうした時代の波が押し寄せていた。

景気が良くなるにつれて、町は少しずつ活気を取り戻し、食べることで精いっぱいの時代から、生活を楽しむ時代へと変わりつつあった。

東京の屋根の下に住む　　若い僕等は　しあわせもの
日比谷は　恋のプロムナード　　上野は　花のアベック
なんにも　なくてもよい　　口笛吹いて　ゆこうよ

希望の街　憧れの都　　二人の夢の　東京

これは昭和二十三年に灰田勝彦が歌ってヒットした「東京の屋根の下」で、自転車をこぎながら大介の母がよく歌っていた愛唱歌である。

当時、歌子やキヨや、そして大介が歌っていた主だった流行歌を紹介してみよう。何となく当時の人たちの気持ちが伝わってくるのである。

昭和二十三年
「湯の町エレジー」　近江俊郎
「東京ブギウギ」　笠置シヅ子
「ブンガワン・ソロ」　松田トシ

昭和二十四年
「トンコ節」　久保幸江・楠繁夫
「青い山脈」　藤山一郎・奈良光枝
「別れのタンゴ」　高峰三枝子
「銀座カンカン娘」　高峰秀子
「長崎の鐘」　藤山一郎

昭和二十五年
「玄海ブルース」　田端義夫
「イヨマンテの夜」　伊藤久男
「水色のワルツ」　二葉あき子

「買物ブギ」　　　　　　　　笠置シヅ子
「東京キッド」　　　　　　美空ひばり

さらに挙げれば昭和二十六年、「私は街の子」美空ひばり、「江の島悲歌」菅原都々子、「高原の駅よさようなら」小畑実、「野球小僧」灰田勝彦、「憧れの郵便馬車」岡本敦郎等々、戦後から高度経済成長がスタートする昭和三十年代前半にかけてはまさに老若男女が口ずさむ歌謡曲の「黄金時代」であった。

この頃は童謡以外には特に子ども向けの歌というのも作られていなかったので、大介も「青い山脈」や「お富さん」などを大人と一緒に歌っていたのである。

大介の仲間の杉村の家では、名古屋の人が発明した遊技機で〝パチンコ屋〟なる店を開店し、人気を集め当たりに当たった。これは大人も子供も入れる自由遊技場で、景品はタバコや菓子だった。大人も子供も、めまぐるしく変わっていく時代と豊かになっていく世相に目を奪われ、〝金、金、金〟の物質至上主義の時代に移っていったのである。

大介の家の近所の沢田さんは、馬の蹄鉄を取り換える商売をしていて、家の前にはいつも馬が何頭か繋がれていたが、そんな光景もなくなり、道には馬糞も消えて馬車の輸送機関は車に変わり、沢田さんの店は廃れていった。

この頃から、懐かしい犬山の町の景色も少しずつ、戦前の町並みとは様相を変えて行った。

第六章　ここに生きていること

月夜の〝アカ〟泥棒たち

今日の下校は、大介と英二の二人だった。通学路に本町通りがあり、その一角に玩具店があった。二人はウインドウに額を押しつけて中を真剣な目で見つめていた。

「英二、あの映写機どうしても欲しいなあ。みんなに映画を見せてやりたいな」

「みんな喜ぶだろうね。でも、武男には見せたくないよ！」

「どうして？　武男は威張るけど、悪い奴じゃないよ」

「おれにはいつも怖いんだよ」

「よし、おれがとっちめとくわ」

「いいよ、言いつけたとわかったら、怖いから」

「だからこの映写機がいるんだ。英二が買ったら、英二に頼まないと見せてもらえないから、武男もやさしくなるよ。おれは、映画を映す人になりたいんだ」

「でも、おれ買えないよ」

「わかってるよ、おまえん家《ち》はおれん家より貧乏だから」

「家のお父さん、朝からお酒飲んで寝てるんだ。お母さんが家出てから余計ひどくなったんだよ」

「おれん家は親父がいない、英二ん家は母さんがいない……」

四年生になった大介は、この頃から父のことを「親父」と呼ぶようになった。

「……でも、欲しいなあ」

「おれん家、映画館にしたいなあ」

頭の中では、夢を大きく膨らませながら、その場を離れ、御幸町に入りかけて一軒の店の前で立ち止まった。

「大ちゃん、ここはね、鉄屑や真鍮（黄銅）とか銅（〝アカ〟と呼んでいた）の古いやつを買ってくれるんだよ。みんなそれを集めてきてお金にかえてるんだ」

それを聞いた大介は顔色を変えて店（ボテ屋）の中に入っていった。

「おじさん、子どもでも持って来ていいんですか？」

不精髭をはやした小柄な中年男が振り向いた。

「ああいいよ、どんどん持って来な。すぐに現金で買うよ、金ならなんぼでもあるぞ」

そう言って男はパンパンに膨らんだ二つ折りの財布を広げて見せた。二人が目を丸くするほどの大金である。

「英二、見たか？　おじさん凄いなあ、あんなに金持って。おれ考えたぞ、家に何かあるかもしれない、探してみるよ」

早速家に帰り、あちこちと探してみるが、戦争の時に鉄や銅類はほとんど徴収されて、今は自転車以外には鍋とヤカンくらいしか見当たらなかった。

「ちぇっ！　家も本当に貧乏だよなあ。何もないぜ。早く大きくなってお金儲けしたいなあ」

独り言を言っているのが聞こえたのか、歌子が言った。

「何をさっきからブツブツ言っているの？　勉強しなさい。中川先生が言ってたわよ、これからはますます頭が良くないと、やっていけない時代になるって」

少し生意気なことを言う年頃になったのか、大介は言い返した。

「うるさいなあ、お母さんたちが貧乏だからぼくたちまで貧乏してるんじゃないか。勉強するのはお母さんたちだよ、負けるような戦争やって本当に迷惑だよ」

「あんた何言ってるの？　親のせいにするのか」

「だって、映写機が買えないんだもん、子供の映画館つくりたいんだよなあ」

「まったく、もう。まだ、そんなこと言ってるのかい」

「いいよ、親に買ってもらおうなんて思っていないよ。今日いいこと聞いたし、子どもだってやればなんとかなるのさ」

「何言ってるの？　大介、明日は新舞子に行く日だからね」

「わかってる！　中川先生がね〝男はデッカイ夢を持て〟って言ってたよ」

「中川先生は立派な先生やからね。大ちゃんよーくわかってるなら、勉強や、勉強！」

　中川先生は電車通勤で大介の店の「自転車預かり」の常連さんでもあった。

「わかったけどさ、その前にちょっと、大母さん家《ち》へ行って来まーす」

「ちょっと待って。新舞子に行くのにその頭で行かないでよ。だらしないって、お父さんにお母さんが怒られるわ」

　早速、歌子の散髪が始まった。大介の首には手拭いを、肩には風呂敷を巻き、手バリカンでジャリジャリと刈っていく。

「痛い！　痛いよ、お母さん、もっとうまくやってよ。隣りのおばさんはうまいのに」

「当たり前でしょう、お隣りのおばさんは昔、床屋さんだったんだから」

「お母さんのこと好きだけど、バリカンやるときだけはクソババアと思ってる」

　少し前の日本の家庭では、靴下や下着が破れれば繕《つくろ》う、グローブがなければ雑巾でつくる、散髪でも何でも〝自家製〟〝自給自足〟の今では懐かしい光景が普通だった。

数日後のこと。大介と英二は、家の裏にある井戸から水を汲み上げながら話をしていた。

「大ちゃん、駅前の岩屋の向こうに線路を直す人の小屋があるの、知ってるか？」

「知ってるけど、英二、それは線路工夫と言うんだよ。それがどうしたんだ？」

「聞いたんだけどさ、線路工事の線路を繋ぎ合わせるのは銅（アカ）で繋ぐんだってさ。だから、使えなくなった古いアカがいっぱい転がってるらしいよ。それを取りに行かないか」

「取りに行くって、その線路工夫がアカをただでくれんのかよ」

「くれないよう。くれるわけないだろ。取りにいくんだよ」

「盗んで来るっていうことかい？」

どう言ったらいいか、英二は思案顔で困っていたが、

「盗むんじゃなくてさ……」

「そうか、古いやつだったら捨てるのかもしれないな。だったら、取りにいくか？」

「でもなあ。あのおじさんたちも、売るのかもしれないんだよ」

「英二、あの岩屋からその小屋は見えるか？」

「うん、よく見えるよ」

「よし、今から行ってみよう」

その言葉を英二も待っていた様子だった。その場所は〝岩屋〟と呼ばれる近くの造園屋の所

有地である。大きな岩がゴロゴロ置いてあり、近所の子供達の絶好の遊び場になっていた。大介たちにとって勝手知ったる所だ。線路に近い岩に乗って小屋の周辺を見て、二人とも目と目を合わせた。

「あるぞ！　あの辺にいっぱい放ってあるぞ。あの赤く光っている電線みたいの、凄いなあ。でも、あれは、新品だからダメだなあ」

「英二どうする？　欲しいなあ」

「ああ、欲しい。でも、くれるわけないよ。誰もいなくなった頃、夜もう一度来てみないか」と、英二は大介の顔を覗き込んだ。

「英二、向こうに鉄条網が張ってあるだろ。やっぱし、あいつらは囲っておいて売るつもりなんだ」

「大ちゃん、あの網、おれたちが潜れるくらいの穴があいてるよ」

「よし、英二、今夜実行だ。誰かに先にやられるまえにやろう。でも、おれ、明日は新舞子へ行く日だしなあ。英二がボテ屋に持って行けよ」

「……おれ、小さいからなあ。だまされると嫌だ。大ちゃんと一緒に行くよ」

その日の夜七時、二人は岩屋の前に籠を一つずつ持ってしゃがみ込んでいた。

幸いというか、不幸というか、雲一つなく月明かりがこうこうと照っていた。灯りなしでも、地面は青い光を浴びてよく見える。

二人は難なく鉄条網を潜り抜けて、目に付いたアカの束を籠に入れようと手に持ってみた。

「英二、これは重いぞ。十個は持てないなあ」

〝宝の山〟を前にして二人は海賊か山賊気取りだった。

英二は体が震えるほど胸がドキドキした。大介は剣道の試合のときのように緊張した顔になっている。周りにも気を配りながら、せっせと詰めていく。あせりながらも何とか七個を籠に詰めることができた。

「よし、今日はこれだけにしよう、帰るぞ」

「大ちゃん、おれ……シッコがしたくなってきた。そこでするからちょっと待っててくれよ」

「バカ言うなや！　今立ち上がったら見つかるに決まってるだろ。しゃがんだままシッコしろ。帰ってからズボン取り換えればいいんだから」

英二は言われたように小便をし始めたが、ズボンにびちゃびちゃ滲みてきた。

「ああ、気持ち悪い」

「だから、ガキはいやなんだ。バカヤロウ」

二人は重い籠を持って鉄条網を潜り、岩が幾つも転がる隙間に隠してから、足早に家路についた。

翌日の午後、大介が新舞子から帰って来ると、英二が裏の井戸に腰を掛けて待っていた。隠した銅をボテ屋に持ち込んだら、二人合わせて二十五円をいとも簡単にくれたという。しかし、映写機の二百五十円には遠く及ばない。

「英二、今夜も行くか」

「オーケー」

と二人で申し合わせ、二回目の盗みも難なく成功して二十九円をせしめた。これで味をしめたのか、大介たちは三回目の決行を月曜日の夜に決めた。

その日の夜も月の明るい綺麗な夜だった。

三回目ともなると慣れたもので動作が速い。いつものように籠に入れ、鉄条網の穴へ大介が右足を入れかけたその時、地響きのような声が襲ってきた。

「こらあっ！　この泥棒野郎！」

慌てた二人は、気持ちが焦る。大介は穴を抜け、英二も抜けようとしたが焦っているので、飛び出ている鉄の先に足を引っ掛けてしまった。

「わああ、痛いよ。足が」

「だ、大丈夫か、どっちの足だ？俺が引っ張るからな、いいか」

英二は以前に「ガキは心配だ」と言われたので、迷惑を掛けたくない気持ちがあり、足の肉を引き裂かれる痛さだったが、我慢して引っ張ってくれる大介の力に任せた。

やっと足が抜け、痛みをこらえて引きずりながら岩屋まで逃げて来ると、

「大ちゃん、もう立っていられないくらいだ、足が言うこと利かないよ」

二人の後方では、何人かの大人たちの怒声が飛び交っていた。

「どっちへ逃げた！」「あっちだ」「あのガキめらが。こんちくしょう！」

追っ手が大介たちの方向と逆へ向かったので、

「よし、英二、おれがおぶってやる。背中に乗れ」

銅はその場に置いたまま、大介は英二を背中に乗せて立ち上がった。

「よし、行くぞ、俺の首にしっかり掴まれよ。大丈夫だからな」

英二の足に手を回した時、ヌルッとした生温かい感触があった。かなり出血しているらしかった。

大介は、英二を背負いながら、とにかく家の二階に連れて行こう、と考えた。

「英二、心配するな。痛いか？」

「うん、痛いけどさっきより痛くないよ」

あまりにも傷が大きいので多少麻痺したのか。

「大丈夫さ。痛いということは、生きているということだからな」

空襲で米軍機に撃たれた時、山田病院の先生が言った言葉を思い出し、英二を励ましてやった。英二は大介の背中で、大介の思いやりが胸にしみて涙がでそうになった。

やっと大介の家の前に着き、誰にも見付からないように裏口から入った。

「よし、ここまで来たから、心配するな。階段は押してやるから自分でのぼれ。ちょっと見せてみろ」

と言って英二の傷を見た瞬間、深くえぐられた血だらけの傷に大介は驚いた。

「お、おまえ、よく我慢したな……。強いな。でも、もうちょっと我慢だぞ」

そうは言ったものの、医者に連れて行くことは出来ないし……。四十ワットの裸電球の灯りを頼りに、もう一度傷を見てみる。まず出血を止めるのが先決だった。

そのとき、ふと思い出したことがあった。弟の良夫が小さい頃、縁台を擦っていたときに、ささくれが指に刺さってしまい、父がそれを抜いた後の傷口にタバコの葉を擦り込んでいたことを思い出したのだ。

「よし、待ってろよ」と一階に降りて行き、父の引き出しを開けてみると、二番目の引き出しに、ゴールデンバットが三箱入っていたので二箱と手拭いを二枚、鋏を持って、二階に上がった。紙を広げた上にタバコを一本一本ほぐして葉を集め、広がった傷口を覆った。

英二は歯を食いしばって、

「いいいぃ、いいいぃ、痛いよ！」

「ごめんな。沁みるけど、我慢してくれな」

裂いた手拭いで傷口を包むように巻き終え、英二をその場に寝かせた。

「しばらく痛むけど我慢してな」

「ごめんね、おれのせいで失敗しちゃって」

「失敗は成功の元、と宮内先生も言ってたからな。心配するな、英二」

「今度はうまくやるからね」

「いや、もう止めよう。映画館は諦めようよ」

「もうやらないの？　おれ、また、武男に勝てなくなっちゃうなあ」

傷口にタバコを詰め込む処置は、応急処置として戦地で兵隊さんがやっていたことだ。大介は後になって元軍医に知られた時には、見事な処置だと言われた。

夕飯は歌子に見つからないように握り飯を持って二階に上がり、英二に食べさせ、英二の父が酒に酔って眠った頃に、大介が付き添って送って行った。

その夜は痛くて眠れなかった英二は、次の日の学校を休んだ。

学校から帰った大介は真っ先に英二の所に行き、傷の状態を確認すると、化膿はないが傷はパックリと開いたままだった。大介は時間が許す限り一緒にいて励ました。

特攻隊とお巡りさん

次の日のこと、二時間目が終わったとき、中川先生が少し厳しい表情で大介に近づいてきた。

「水野。今日、授業が終わったら職員室に来い。先生と一緒に行く所があるから」

「……はい」

大介は何の用か不安だったが、英二のことが心配で早く帰りたかった。

午後は一時間授業だったので終業後職員室へ行くと、「まあ、ちょっとついて来い。話はそれからだ」と言われて、先生の自転車の後ろに乗せてもらい校門を後にした。

下校中の生徒たちの間をぬって自転車が走って行くので、

「先生、水野とどこに行くんですかあ?」とうらやましそうに声を掛けられたが、

「おお。すぐ帰る。お前らも気を付けて帰れよ」とだけ先生は言って本町通りを走り過ぎて行く。

中川先生は何も言わない。大介は先生を独占しているような気持ちになり、自分の顔色が変わり、少し〝自慢顔〟になっていると感じていた。

しかし、しばらく走り、自転車が着いた所は犬山の警察署前だった。

大介は反射的に、〝銅を盗み出したことだ!〟と気が付いた。

「水野、ここに来た意味がもうわかったか」

「はい。先生、ごめんなさい！」

大介は大きく頷き、先生の手を求めた。先生は大介の手を引いて、警察署の中へ入り奥の小部屋に連れて入った。入ってふと前を見ると、そこにはボテ屋のおじさんが警察官と机を挟んで座り何か話している。

手前のほうの椅子に先生が腰掛け、大介も座ろうとすると、

「水野、おまえはそこに立っていろ！　座る必要はない」

素早い叱声が飛んだ。特攻隊帰りの先生のきつい一面が現れたような一声だった。その言葉の厳しさに、周りにいた警察官たちも身を引き締められたようだった。ボテ屋のおじさんと込み入った話をしていた中年の警察官は、先生と大介の方を見やりながら、

「まあ、よかろう。悪いことしたら学校でも立たされる。そこに立ってなさい」

すると先生が、また間髪を入れず、

「今おっしゃった意味は全く的を射ておりませんぞ。ここは教室とは違う」

先生の剣幕に今度は警察官の方が少し戸惑いを見せながら、

「何でここに呼び出したか、わかっているはずです。先生こそ、的を射ていませんよ！」

しかし、中川先生は少しも顔色を変えず、落ち着いて言葉を選んだ。

「過ちは過ちとして、犯罪者と同じ扱いはしないでいただきたい。この生徒には今後があり、未来がある。水野は学級委員として学校の活動をリードしている生徒の代表です。頭ごなしにこの生徒の犯した罪を罰するだけでは、この問題は解決しません。私は戦時中は特攻の志願兵でした。恥ずかしくも、こうして生き残っています。終戦が出撃より四日早かったばかりに、生きながらえてここにいます。今、私は教師ですが、神風特攻隊の生き残りとして、これからの日本を担う子供たちに、未来の人間を育てる覚悟で向き合っています。一発必中、的を外さない教育に、命を張っているつもりです。もしここで水野を犯罪者と決めつけて、的を外したら、それだけで済むことと思いますか？」

〝特攻帰り〟の教師と聞いて、言われた警察官も顔色を変え、頷きながら、

「……特攻でしたか。御苦労さまです。的を外した捜査は絶対いけない、とおっしゃられましたが、その点は私も先生とまったく同感です。無実の人を罪人扱いする気持ちは毛頭ありません」

「ですから、罪人として扱うなら、このテーブルの前にいる者、この商人です。戦争特需に日本中が湧いているとは言え、子どもの手を使って血なまぐさい戦争に協力させている。それは子どもたちを戦争に引きずり込んでいるのと同じです。過ちを犯したとはいえ、この生徒を同列の扱いとして同じのテーブルに座らせることは出来ません」

「それはわかる。本官としても、そのつもりで事情を聴取しようと来てもらっています。ここにいる者はまた別の形で取り調べております。そうだな」

ボテ屋は一礼したものの何か思いがあるように険しい顔で頷いた。

「水野、肝に銘じて叩き込んでおけ。おまえは盗みを犯した。罪は罪だ。そのことに変わりはない。大人になってこのようなことをしたら、おまえの一生に傷がつく！　わかるか？　お父さん、お母さんがどんなに悲しむか考えてみろ。だがな、俺は戦争で恥ずかしくも生き残ってしまった特攻帰りの教育者として、どうあっても、おまえを戦争特需のオコボレに寄ってたかっている連中と一緒にはさせない。おまえを犯罪者と同じ席には座らせない。それはおまえの将来を、日本の未来を汚してしまうことになる」

先生は、戦地で旅立った戦友の苦しみを想起したのか、感情が激して、声がぶるぶる震えてきた。教室では見たことがない真っ赤な顔だ。

そのとき、ドアを叩いて警察官と一緒に猛然と取り調べ室入って来たのはキヨだった。キヨは先生とは違って、血の気の失せた青い顔をして怒っていた。

「私も大介のことで聞き込みを受けて、今日は父兄としてこの場に来たんです。中川先生のお話はいま部屋の外で聞きました。先生のおっしゃるとおりです。子どもの罪は罪として、戦争の殺し合いに群がっているならず者とは一緒にしないでください。特需、特需と騒いでいるけど、海の向こうで殺し合いをしている外国人にも子どもや老人や女たちがいます。たわいのない子どもの出来心と、戦争の利益をむさぼるならずものとは同じにしないでもらいたい！　わたしはここを動きませんよ。ここで踏ん張らなくちゃ、わたしたちは何であの戦争を苦しんで耐えて生きのびてきたか。私はもうここを動かないよ。ここで真実が通らないのなら、戦争を生き延びて、今、ここに、生きている意味がありません！」

「産婆さん。あなたの言うとおりだ。水野が盗んだアカは業者が闇で売りさばこうと隠していたものです。水野の過ちは徹底して処罰します。だがそのことと、戦争の悲惨を食いものにしている商人の金儲けとは問題が異なる。何も知らない子どもたちがその手伝いをして、戦争の殺し合いに関わらせてはその子たちの未来を閉ざしてしまうことになる。それがどんなに恐ろしいことなのか。これは大人の泥棒と子どもの泥棒が偶然一緒に捕まったのとはわけが違う話です」

中川先生の論理的な表明とキヨの憤怒の形相が相乗効果を示したのか、その場の空気が一変した。アカの買い取りは朝鮮戦争によって起きた特需で、先生は特攻隊の生き残りとして、戦争を食いものにしている日本人全体に悲憤慷慨《ひふんこうがい》している、という大きな話になってしまっている。

警察官たちは面食らって、どうしたものかと呆気にとられていた。

キヨは、話の矛先を地にたたきふせるほどの怒りで、戦時下の暮らしに耐え続けた日本人の悲しみにおいて、子どもの将来を傷つけるような取り調べはあってはならないとばかり、その場に座り込んでしまったのである。

戦場の空に散る覚悟で戦ってきた特攻帰りと、この町の戦火の中で地を這うように銃後の暮らしを守り抜いてきた産婆さんの二人が、ぶるぶると全身を怒りに震わせている光景はその場を黙らせるだけの迫力があった。

中年の巡査は少し呆れた様子で、

「そうですね。まさか戦争の話にまで及ぶとは思いませんでしたが、おっしゃることはわかります。実は私も、元憲兵隊でして。お二人が怒る気持ちは、よくわかりますよ。あんな大変なことに子どもたちを二度と関わらせてはいけません。何もわからない子どもたちをだまして操ったほうが問題なのです。今回の事件の調書にはその点も書き入れておきましょう。おい、ボテ屋のおやじさん。ああ小島さんか。どうだ、お二人の話はわかったかな?」

警察官の態度が幾分和らいできたと思ったら、驚いたことに押し黙っていたボテ屋が急に口を開いた。

「私も、弟二人が支那事変で戦死しています。あの戦争を起こした軍部に対して憎しみを持っていました。先生のおっしゃってくれたことで、子どもたちを使って取り返しのつかないことをしたと思いました。何も考えずにやっていたんですな。牢屋に入ったら、よく考えてみますよ」

〝牢屋〟という言葉で、取調室の空気が一瞬静まり返り、緊張を帯びてきた。

そのとき、キヨが沈黙を破って言った。

「大ちゃんも十年くらいは、牢屋に入らないといけないよ」

十年と聞いて大介は慌てふためき、犯した罪の重さをひしひしと受け止めたようだ。

「ごめんなさい。ごめんなさい。もう二度としませんから許してください。お巡りさん、先生、大母さん、もうしませんから許してください」

当時、大介と弟の良夫は、魚屋町と新町に、雨が降る日も雪が降る日も、暴風で荒れた台風の日でも一日も休まず新聞配達をして、家計のためと、六年生の修学旅行の費用を少しずつ貯めていた。大介はその新聞配達の仕事も気になってならなかったのだ。

「貯める」と言っても、水野家は経済上大変な時期で、子どもたちの稼ぎは生活費に消えていた。給食費やＰＴＡ会費等が遅れることが多く、そんな時、何も言わず中川先生が立て替えてくれることもあった。

そんな先生に、自分が出来る恩返しをと考えた大介は、先生から預かった自転車を、学校から帰ると真っ先に磨き、油を差してピカピカにしておいたのだ。中川先生は毎日綺麗に磨いてある自転車に気付いても、大介に礼を言うことなどはなかった。知っていても、〝知らん顔〟をする人だった。

「大ちゃんは、そんなに牢屋が怖いの？」とキヨが聞く。

「ぼく、どうしてもほっとくことが出来ないことがあるんだよ」

キヨはその言葉を聞いてピンときた。大介が一人で、こんなことをするとは思っていなかったのだ。大介の頬を両手で挟んで、目をそらさないようにして、

「気になっていることって、あの子分？　英二がどうしたのかい？」

深手を負った英二のこと、誰にも明かせなかった苦しみが頭の中をぐるぐる駆け巡って大介の目から大粒の涙があふれ出た。数度に及ぶ盗みの詳細や、英二の傷のことなどを一気に吐きだした。

キヨは電話を借りて歌子と何か話していたが、大介の前に戻ると、

「わかったかい？　二度とこんなことしないと約束出来る？　もうこんな所に来てはいけないんだよ」

大介は何度も何度も深くうなづいた。

「ねぇ、お巡りさん、この子もこれだけ反省しているので大目に見てやってくださいな。宜しくお願い致します」

「アッハハハ。今日は先生と産婆さんの演説会だったなあ。私も戦争中を思い出してしんみりしてしまったよ。……広島の原爆で、両親と妹を亡くしています。いつか戦争から立ち直る日が来ることを願っていますが、無事に生きて行くのは大変なことですな。この子のことはね、実は、前々から知っています。月に一度か二度、剣道の宮内先生と一緒に来ているのを知っていますから。なかなか筋がいいと先生も褒めておられましたよ。大介君は知らないだろうが、私も道場で教えたことが一、二度あるよ。今日はどうだ、剣道の稽古よりもだいぶきびしかったろう。まあこれも一つの経験として厳しく反省し、忘れちゃいかんよ！」

宮内先生は日本剣道六段で師範格のため、この署の警察官に稽古をつけに来ていたのである。取り調べの警察官とは親しい間柄だった。

お巡りさんの顔から厳しい警戒心が消えて、穏やかな笑みになり、

「本官も大方の話を聞いて調書を作りましたので、この一件は先生が代行してください。犬山駅の別件は、私どもでけりを付けておきます。それと小島さん。あんたは、別件もあるから今夜は泊まりになるよ。わかったかね」

犬山駅の別件とは、後日談になるが、この事件により駅の道路作業員たちも内緒で銅を売っていたことが発覚し、大介たちの事件がきっかけで解決したのである。

大介は、自分の行動からこんなことになり、巡査が「小島さん」と呼んだおじさんの顔をま

じまじと見てペコリと頭を下げると、

「水野のお坊ちゃんだろ？　お父さんの事はよく知っているヨ。いつかお父さんの尽力でこの犬山にも立派な映画館を造ってよ」とお愛想を言ってくれた。

先生と大母さんの二人のおかげで何とか一件落着したので、警察署を出ると大介はすぐに先生に頭を深く下げてお詫びした。

「先生、今日はごめんなさい。ありがとうございました」

先生は特別何も言わなかった。

「これから英二の所へ行くから、おまえ案内しろ」

そう言ってまた二人で自転車に乗って英二の家の方へ向かった。

大介は自分の犯した罪を反省する一方、特攻隊の生き残りの名にかけて先生が全身でお巡りさんを説き伏せて自分を救ってくれたことが嬉しくてたまらなかった。

「水野……」

先生が後ろにいる大介にふと話しかけた。

「先生、話すのが下手くそでな。大母さんがいて、助かったよ。それから、あのボテ屋に悪く言い過ぎてしまったかな」

「ぼく、先生のお話、わかりました」

「あのお巡りさんも、広島の原爆でご両親を亡くされたんだな。大変なことだ」

「はい」

「おまえは今日、いくつバトンを渡されたか、あとでよく考えてみろ。バトンというのは、言葉のバトンだ。人間はみんな心の底には伝えたいバトンを持っているんだ。しかし、今日は悪いことのあとの、〝いい一日〟だった。明日は教室で、広島・長崎のことを話そう」

町に「ポパイ」がやってくる！

人の縁というものはどこでどうつながっているのか、わからないものだ。

あの一件以来、ボテ屋の小島と大介たちは親しくなり、〝活動好き〟同士としての付き合いが始まったのである。小島は自分の趣味にしているという映画上映会を本町の玩具屋店内で開き、大介たち近所の子どもを呼んでくれるようになった。

大介はそこで小島に直接指導をしてもらい、念願だった映画上映技師の真似ごとができるようになったのである。

「英二、ボテ屋の小島さんが、ぼくたちに映写機を買ってやるから、犬山に映画館をつくるようにお父さんに運動してくれと言うんだ。運動すればできるのって聞いたら、町を盛り上げてもらう人がいいんだって。うちのお父さんも活動写真や流行歌は大好きだからな」

「じゃ、大ちゃんのお父さんも協力してくれるんじゃないかなあ」

英二の傷口はぽっかり開いていたので十七針も縫ったが、タバコの葉の手当てで化膿しなくて済んだので、いまはすっかり全快状態だった。

そのうち活動マニアで凝り性の小島が中古の映写機を大介に買ってくれることになった。映写機はアメリカ製の三十五ミリ、手動式で、〝映写技師〟の大介は一人前の顔をしてそのハンドルを回して見せた。

月に一度の上映会には大人たちも集まるようになって、大介の家の二階に近所の子どもたちにまじってキヨや定吉、歌子や隣りのおばさんなどの顔を見ることもあった。

その夜は映写機が入って初めての〝ロードショー〟で、大介と英二は少々浮きたっていた。その日学校から帰ると、すぐに二階に上がり準備にかかったが、まずはスクリーンになる白布を探したが見つからない。夕ご飯の支度をしている歌子に聞いてみた。

「お母さん、白い布で窓が隠れるくらいの大きいやつがほしいんだけど、ないですか?」

言葉使いも丁寧に手真似で説明したが、返事がなかなか返って来ない。

「お母さん、お母さんたら！　僕の大事なお母さあんたら～」と、少しメロディを付けて顔を覗き込んだものの、無視するばかりなので、キヨの店に走った。

「大母さん。お願いがあるんだけどさ」

「言わなくてもわかるさ。上映会の白いシーツがいるんだろ？」

「当たりー。やっぱり大母さんとはツーカーだ。ツーカーってね、東京で流行っている言葉なんだって」

「何でも新しいことは東京だね。大ちゃんも大きくなったら東京に行かなくちゃ」

「ぼく、いつか東京の大学に行くよ。お母さんが止めても、決めてるんだ」

「ははは、もうそこまで考えているの。そうそう、シーツだったね！　でもおばさん家にあるのは、シミの付いたシーツばかりだよ。まあ今日は初日だって言うからさ、奮発して一番よいものを贈りますよ！」

大急ぎでUターンして、家に戻ると、シーツを広げた英二が、

「何だ？　ど真ん中にこんなに大きなシミがある」

「そうか、たぶん赤ちゃんが生まれた時のいいシミだよ。ま、映画が映ればいいもんな」

「そうだよ、映画が映ればわかりっこないさ」

「そうだ、そうだ。英二、もう少しピンと張ってからガビョウだ」

「あっ！　ガビョウ持ってないよ」

「シーツを張るために、そこにガビョウを用意したんだぞ。ドジだなあ」

英二はガビョウを口にくわえてシーツに皺ができないように両手で押さえたが、口をモゴモゴするだけで、いっこうに打とうとしない。

「早く打てよ。どうしたんだ?」

「ガビョウ、飲んじゃったよ。どうしよう、どうしよう」と、泣き出した。

ガビョウを一個ではなく三個も口に含んでいたので間違って一個を飲んでしまったというのだ。大介は、英二のそそっかしさに呆れてしまった。

「困ったな。もう腹の中だろうし、胃に刺さるぞ」

「ええ! 大ちゃん、お、おれ、死ぬのかな……」

二人で大急ぎで青山牛乳店のところに駆け込んでキヨに相談すると、

「そうか、まあ、心配いらんよ。今、下剤を出すから飲みなさい。後はウンチで出るからね」

お腹の中が切れて死んじゃうのかと思っていた英二は、それを聞いてホッとした。

「大母さん、ありがとう!」

そんなドタバタ騒ぎの後で、夜になってやっと二階で初の上映会が始まった。初上映をこの日に決めたのは、キヨのお産の仕事がない日を選び、キヨと定吉にもぜひ来てもらいたかったからだ。残念なのはボテ屋の小島のおじさんが都合がつかなくて来られないことだった。

夜の七時に子どもたち二十人と、キヨ、定吉夫婦が集まってきた。子どもたちの真ん中には、キヨと定吉の特別席が用意されていた。さあ、準備も整ったところで、大介の第一声。

「始まり始まりぃ～……」

映写機は、文字は出るものの声はまったく出ない。そこで、映写機を手で回しながら活弁師のように一人何役も大介がこなすのだ。この日の映画はアメリカの漫画映画「ポパイ」である。

オリーブの甲高い声で、「ポパーイ、助けてぇー」と叫ぶと、

「オリーブは渡さないぞ！」と、ブルートの低い声。

するとポパイがほうれん草の缶詰を一気に食べて、腕の力こぶがムキムキになり強くなる。

「オリーブ、待ってろよ！」

ポパイがオリーブを助けて、めでたしめでたし。キヨさんも定吉も、生まれたときからかかわって来た子どもたちの成長に喜びを感じ、この場の雰囲気に酔い加減だった。

「いやあ、大ちゃん、どこで習ったの？ とても上手だったよ。みんなも身を乗り出して見ていたよ。ポパイがブルートをやっつけるところでは手を叩いて喜んでいたし。よく勉強したね。よかった、よかった」

するとキヨも感心して言った。

「やっぱり、ほうれん草はいいな！ ポパイが強いのはほうれん草を食べるからなんだよな。家の裏の畑にも、たくさんほうれん草を作って子どもたちに食べさせよう」

「何を言ってんだよ、これは映画だよ。もともとポパイは強いんだよ」

「そうか。まあ、ポパイのように強くなりたいと思う子どもたちは、嫌いなほうれん草も食べるようになるから、この映画はなかなかいいぞ」

キヨは英二がいないことに気付いた。

「あら？ 英二はどうしたの？ あれから時間は経っているから出たと思うけど」

「ああ、パンツを替えて来ると言ってたよ」

「そうかあ、間に合わなかったんだね。もう心配ないよ、全部出ちゃったから、安心、安心！」

そんな調子だったので、英二は二階から一階に行ったり来たりで忙しく、とうとう楽しみにしていた映画を全部見ることも出来ずの上映会になった。

一週間後の上映予告は「黄金バット」と聞いて、みんなは楽しみにして家路についた。

この頃の娯楽といえば、紙芝居かラジオだったが、この上映会は後々のテレビ時代とカラー映画、大スクリーン、シネラマという映像文化の幕開けでもあった。

大介たちは、上映会にこぎつけるまではいろいろとあったが、自分たちの思いを大人たちが汲んでくれて、協力の手を差し伸べてくれたことが嬉しかった。例のアカ泥棒の一件もあり、どうしたら大人たちの恩に報いることが出来るかを考えさせられた。このことは、後々、大介たちの人生の大きな宝物になったのである。

小島は、フィルムを全部で三十二巻、「ポパイ」十巻、「トムとジェリー」七巻、「黄金バット」八巻、「ミッキー」七巻を買って届けてくれた。

小島は、後にタイヤ屋に商売替えをして、北島と共に〝自動車業界にこの人あり〟といわれるほどの企業経営で成功を収めた実業界の立志伝中の人物となった。その息子さんは、今のヤクルト、昔は国鉄スワローズで金田正一投手とともに活躍し、年間二十勝をあげた大投手になったあの小島である。

犬山桃太郎神社にある「おばあさんの像」。桃太郎を取り上げた、〝むかえびと〟である。

第七章　月は月のように

危うし！　将軍

大介は十二歳、犬山城小学校の六年生になった。

上級生らしく登下校にはいつも下級生を従え、グループの面倒見がよかったが、ついてくるのは〝腕白小僧〟たちばかりだ。この頃は学校から帰ると野球をして遊ぶことが多く、下校後の家の手伝いは少し疎かになっていた。

学校からは大田英二の家が一番近い。今日も下校は二人一緒である。

「英二、カバン置いたらすぐ来いよ」

「うん。行くよ」

家に着いて野球の支度をして出ようとしていると、さっそく英二が入って来た。

「外に利ちゃんが来てるよ」

「なにか持ってきたか?」

「持ってたよ。焼き芋だと思うけどな」

「よし。呼んできてくれ」

親分のような調子で大介が言うと、ガッテンとばかり英二が答える。

川本利男は大介の家の三軒隣にある菓子屋の息子で、大介より五歳年長だが、言葉と足に障害があった。よその子供たちに馬鹿にされたり、苛められたりすると助けてあげていたので、大介を兄のように慕っていた。野球が大好きで、仲間に入れてほしいので菓子屋の家から何かしらおやつを運んでくる。

「利ちゃん、モイ・ブン・ハン・レク」

大介が言うと、利男は嬉しそうに焼き芋を半分に割って手渡そうとした。言葉通りに言えばきつい感じなので、逆さにひっくり返すのである。大人には分からない仲間内の暗号で、小さい頃はそういうことに格好良さを感じるものだった。

「その半分は英二にやってくれ」

「な、なく、なくなっちゃう、自分のが」

「だったら、おれはいらん」

大介が返そうとすると、

「ぼ、ぼくいらんから、え、英二にもやる……」

　その日も野球に行く支度をしていると、隣家の娘の野崎敏江が慌てたように走り込んで来て言った。

「大ちゃん大変、〝将軍〟が、捕まっちゃったよ！」

「捕まったって、何がだよ」

　すぐにみんなで外に飛び出して見ると、家の近くの十字路にリヤカーが止められ、グッタリした三匹の犬が積まれていた。〝将軍〟の首には棒の先に針金が丸い輪になった物が掛けられている。リヤカーに積まれる寸前のところだ。

「おじさん、その犬はぼくん家で飼っている犬だ。悪いことはしない犬なんだから返してよ」

「だめだ。この犬はこの近辺をほっつき歩いていたやつだ。放し飼いは駄目だぞ。この金輪に掛かったらな、もうすぐに死んじまうんだよ。諦めろ、坊主」

「まだ、生きてる、動いているよ、息して『助けてっ』て言ってるじゃないか」

「おまえ、どこの子だ？　親はどこだ」

　子どもたちの騒ぎを聞きつけて、周りには近所の大人たちが集まって来た。

「お願いだから助けてよ。うちの犬は、絶対噛まないよ。みんな知っている犬だよ」

「そんな問題と違うんだ。いいから、そこをどけ。帰れ」

「おじさん、今度だけは許してください。止めてください。家で大事にしている犬なんだ。近所でも有名な犬なんだよ」

大介は梃子でも引き下がるつもりはない。子どもだから、相手はなめてかかっている。殴り合いになってもかまわないと思っていた。

――うちの大事な〝将軍〟を殺して引っさらうのは許さないぞ！

当時は、食料難の時代だったので、「犬殺し」は犬を捕まえてどこかに売っていたらしい。相手は普通の大人とは思えぬ凶悪な面相をしている。親分格の男が大介の額を指でつっぱねそうになったとき、利ちゃんが将軍の首に掛かっている金輪を取り上げ、外そうとしていた。それを見て大介は一気に強気に出た。

「この、犬殺し！　うちの犬を返せ。犬捕りのくそおやじ！」

英二、良夫、高田、友明たちも野球をしに集まって来ていたので、みんなでとり巻いて「返せ、返せ！」の大合唱になった。

歌子はあわてて家の前に出てきたが、困った顔をしている。

〝犬殺し〟の連中も、周りに集まった大人たちの数と視線がさすがに気になったか、「おら、うるせえぞ。おらよッ、こらッ」と周囲を蹴散らすように道具をふりまわし、しぶしぶ〝将軍〟の金輪を外しにかかった。

「おい坊主、今日は放してやるけどな。死んだら役場に持って来いよ。まったくこのガキたちは何てことだ。北小か？　おまえらは。学校に言いつけてやるからな」

「学校でも警察でも勝手に言いつけろ。犬捕り！　犬殺し！」

大介は怒りで顔が真っ赤になって叫んだが、「おじさんたちは仕事なのよ。首輪をつけていなかった方が悪いの」とその場を制した歌子は、みんなの手を借りてグッタリした〝将軍〟を大事に気を配って家の土間まで運んだ。

家に戻ると母の歌子は大介のケンカを売るような態度をきつくたしなめた。

「ケンカでしょ、あれじゃ。恥ずかしいことしないで。すぐに町の噂になるんだから。お母さん、明日から外歩けないわよ」

「でも、〝将軍〟がいなかったら、家は大変さ。お店の留守番犬だし、鶏も兎も捕って来てくるよ」

「みんなの前で何を言うの。鶏も兎もって、それはどこからか取って来ちゃったものよ」

まわりの大人も子どもたちも親子の会話を聞いてどっと笑い出し、緊張した空気が少し和らいできた。〝将軍〟は、息はしているが、グッタリしたままだ。その傍らで良夫、敏江、利ちゃんたちが心配そうに撫でて見守っている。

「大母さん、呼んでくる」

「よしなさいよ、キヨさんは産婆さんよ、どうするの？」

歌子の言葉を最後まで聞かず、大介は猛然と走り出した。

青山牛乳店の店先では、定吉が牛乳の空き瓶をガチャガチャ音を立てて片付け仕事をしているところだった。

「おじさん、大母さんいる！」

「慌ててどうしたんだ、その顔は。おばちゃんいま、坂下町へ〝むかえびと〟に出ているぞ」

「将軍が大変なんだ、犬殺しにやられて死にそうなんだ！」

「将軍が犬殺しに、どうすりゃいいかな。とにかく連絡をとってみるわ」とキヨが出かけている家に電話をしてくれた。

「もしもし、桑原さんですか？　産婆の青山です。うちのやつ、まだいるかね」

電話の様子から、今生まれたばかりの子を産湯に入れている最中で、男の子だったようだ。桑原家の人たちは、今まで四人とも女の子だったが、長男が生まれて大喜びではしゃいでいるということだった。

定吉は、「いやあ、よかった、よかった。おめでとうございます。そうですか。じゃあ、またあとで連絡します。お大事に」と、電話を切ってしまった。

「おじさん、ひどいよ！またあとどころじゃないよ、〝将軍〟が死にそうなんだよ！」

「ごめんごめん、生まれたばかりであっちも大変なところなんだ。さて、さて、どうしたものか……。困ったな」

そうこうするうち、桑原がキヨに伝えてくれたのか、リリリーンと電話のベルがけたたましく鳴った。定吉が大声であせって状況を説明している。

「おまえできるか？　犬の手当てだぞ。ちょっと待って。大ちゃんが代われって」

「大母さん、〝将軍〟を助けてよ」

キヨは大介にてきぱきと指示を与えた。三十分で着く。落ち着いて、牛乳三本、ホース、ペンチを揃えろ、そう言って、電話を切った。いつものおばさんではなく、男のようなはっきりした命令口調だった。大介は牛乳三本をおじさんから受け取り、〝将軍〟の下へ取って返した。

「将軍がんばれ。いま、大母さんが来てくれるぞ、しっかりしろ」

「お医者さんがいたの？　よかったね」と良夫が明るい顔になった。

歌子は、あきれて、

「どこに犬のお医者さんがいるのよ。〝将軍〟ぐらいのことでこんなに大騒ぎして困った子だね、まったく」

当時は現代のような「ペットブーム」の世の中ではなく、犬猫の寿命も短く、一般的にはあまりていねいに扱われないのが常識だったのである。

そう言われながらも大介はやきもきして、ホースとペンチと牛乳を入れる皿を用意してキヨの到着を心待ちにした。大介の子分たちはゴザの上に寝かせた〝将軍〟の頭や足を撫でながら心配そうに看病していた。もうみんな、野球どころではなくなっていた。

すると〝将軍〟が、ふらつきながらクゥーンと立ち上がり、土間の入口に向かった。そして、入って来た客の前まで行くとまた倒れ込んでしまった。良夫と英二は〝将軍〟を大事に抱えてまたもとのゴザまで運んだ。〝将軍〟はそんなときでも自転車を預けたお客から、五円を銭袋に入れてもらうのが、自分の仕事と心得ているのだ。

そのお客さんは近所の商店で働く常連だったので、大介は今し方のことを話した。

「そんな大変なことがあったのかい。いや驚いたな、いつも留守番をしているから賢い犬だと思ってたんだけど、ここまで責任感が強いとは。きっと、一時的に頭に酸素が行かなくなって倒れたんだ。もう大丈夫かな？」

常連客は将軍の様子を仔細に観察しながら、

「待てよ、大ちゃん。〝将軍〟は運の強い犬だよ、この銭袋を提げていたから、完全には絞められずに済んだんだ。脈はあるぞ。銭袋のお蔭だよ」と教えてくれた。

いまにも泣きそうにめそめそしていた良夫が、

「おじちゃん、助かるの？」と常連客の顔をすがるように見上げている。

そんなことをしていると、自転車のブレーキ音がキィキィッ！と激しく鳴って、息を切らして大母さんが土間に入って来た。

「大丈夫、大丈夫。大ちゃん、手伝ってよ」

まずはホースを、口の奥まで入れ、ペンチを歯と歯に噛ませ、キヨはホースを口にくわえて何度も何度も、大きく息を送り始めた。今でいう「人工呼吸」である。周囲の人たちはみんな初めて見る光景に驚いている。キヨは息が続かなくなって来たので、大介に命じた。

「大ちゃん、自転車の空気入れ持ってきて」

今度はその空気入れをホースに繋げて、大介は一生懸命こいだ。

「そうだ、そうだよ。その調子だ」

するとそれまで青息吐息だった〝将軍〟の呼吸が落ち着きを見せ、虚ろだった眼の焦点が定まってきたので、キヨが言った。

「もう大丈夫。良夫ちゃん、牛乳を皿に入れて持って来てあげな」

良夫が将軍の口元に皿をつけてやると、鼻をクンクンさせて牛乳を舌で舐めはじめた。

これまで味わったこともない美味しさだったのだろう。〝将軍〟は頭を持ち上げ、しっぽをバタバタさせながら三本の牛乳をペロペロと飲み干し、ゆっくりと立ち上がってノソリノソリと歩き始めた。

〝将軍〟の向かった先は大介ではなく、良夫だった。大介は「……ああ、俺が一番心配して助けてやったのによー」とおもしろくない。〝将軍〟は良夫の横にぴたりと体を押し付けて安心して横たわった。

「何でおれの所に来ないんだろ？　おれが必死で助けてやったのに」

大介の不平をそばで聞いていたキヨが少しおかしそうに笑って、

「大ちゃん、あんた最近、身勝手なことが多いよ。〝将軍〟は正直なんだ」

「助けてあげたのはおれなのに、わからないなんてバカ犬だ！」

「バカ犬じゃないよ。〝将軍〟は苦しくても仕事の事を忘れなかったと自分で言ってたじゃないか。このごろの大ちゃんは学校から帰ると、すぐに遊びに行って、自転車番をするのは、良ちゃんと〝将軍〟だろう。〝将軍〟は正直者なんだよ、ちゃんとわかってるのさ。だれがいちばん自分の面倒を見てくれているか。たまには弟たちをいたわって、自慢のお兄ちゃんになりなさい」

そばで聞いていた歌子が、すねている大介をかばってなぐさめた。

「おばちゃん、よく言ってくれたわ。大介は良いお兄ちゃんなんだけどね、将軍のことは良夫の方がよく面倒みているの。でも大介だって、毎週、新舞子まで行ってくれるよね。薪割りや買い出しもしてくれるし、朝は井戸水を水瓶一杯にしてから学校に行ってくれるしね」

「そうかい、そうかい。大ちゃんもがんばってるなあ。本当に、大ちゃんががんばらなかったら、〝将軍〟はあぶなかったからね。えらかったね」

キヨの一言で緊張がとれたのか、大介の目に大粒の涙があふれ出て来た。するとその涙に気が付いたように、〝将軍〟が大介の側にのそりと寄って来てしっぽを振り振り、大介の頬をぺろぺろとなめはじめたではないか。

あとで聞いた近所の人の話では、犬捕りが来ると普通の犬はあわてて逃げ出すが、〝将軍〟は飼い主の大介に似てしまったのか、彼らを敵とみなして激しく吠えたてながら向かって行ったそうだ。〝将軍〟はやはり銭袋のお蔭で針金の食い込みが浅く、完全に絞められなかったため、命が助かったということである。

正直の頭《こうべ》に神宿る、と言う。もしも、「犬の神様」がいるとしたら、〝犬突猛進の将軍〟の心意気を買って、〈正直者よ、おまえをまだ連れては行かぬぞ〉とご褒美を授けてくれたのにちがいない。

将軍は毎日駅の方を見ている。自転車の持ち主の姿が見えると、シッポを振って案内し、首の袋に五円玉を入れてもらう商売犬である。

〝特攻先生〟の宴の夜

話は数年前に遡るが、中川先生は大介たちの〝アカ泥棒〟の一件で「青山牛乳店・助産院」のキヨ・定吉夫妻とはすっかり懇意になった。

もともと青山牛乳店の店先は、子のない老夫婦が子どもたちの世話をする集合所であり、若い婦人たちの医療相談所や、時には夫婦仲でもめた女性の〝駆け込み寺〟のような役割をも兼ねていた。教師・中川太郎にとっては一度は訪ねておきたい「町の名所の一つ」だったのである。

しかし、生来の引っこみ思案の故か、一度も足を運ぶ機会はなかった。それが大介の一件で、「事後報告」も兼ねてキヨ夫妻を訪ねて挨拶を交わしたことが付き合いの始まりとなった。

中川先生は、犬山の取調室では言いたいことの半分も口に出せなかったと言う。口より手の方が早いクチである。自分の思いをどう言い表すべきか困っていたときに、キヨの〝雄弁〟に助けられ、場の空気が一変したこともあり、そのお礼も言いたかった。

初夏の夕方、一階の牛乳店に顔を出すと、定吉が明日の配達準備の整理に取り掛かっていた。

「おや、まあ。特攻の先生、どうしなすったか。また何か」

と言うと、奥から心配そうな顔をしたキヨがあわてて飛び出してきた。

「と、とんでもない。先日はありがとうございました。私の説明がたよりなくて、キヨさんに応援していただいて、無事役目を果たせました。前々から一度ご挨拶したかったのですが、今日はこの近くまで来たものですから……」

「こちらこそ、ありがとうございました。先生のお話はとても堂々として立派でした。頼りないどころか、たいへん〝頼り甲斐〟がありました」

「特攻の先生、さ、中へお入りください。今日はアユが大漁で。さっき釣ってきたばかりで、一杯やるところですよ。特攻の先生もどうぞお上がりください」

「特攻、特攻って、あんた戦争は終わったんだよ。普通の立派な、インテリの先生なの」

「いや、自分は……今日はご挨拶だけで失礼します」

「ご挨拶はいいからさ、上がってくださいよ、先生。どうぞ、さ、どうぞ。前からね、特攻の話を一度ぜひ伺いたかったんですよ」

「特攻じゃないって言ってるだろ。いまはインテリの優秀な先生なんだよ」

「イ、インテリなんかじゃないです。ただの特攻です」

というわけでその晩は、キヨ得意のアユ料理で先生を迎えての宴となった。塩焼き、みそ焼き、天ぷら、一夜干し、稚鮎の煮物といったものが食卓に並んだ。

キヨは先生が姿勢を崩さずに、侍のように固まっているのを見て驚いたが、酒が強いのにも驚いた。「教室では威張ってるけど、近くで話すとやさしい先生」と大介が言ってはいたが、この人は緊張しやすい人ということではないだろうか。

「先生、うちではそんなに背筋を伸ばさないでください。緊張しやすいほうですか」

キヨが冗談まじりにそう聞いてみると、

「そういうことは、あります。自分はただただ一直線の人生でしたから。〝硬軟とり混ぜて〟というのができません。人に会うときは浴衣がけで、と思っても、裃ばかり羽織っている、つまらん奴なんです」

「でも特攻先生、けっこうな大酒飲みですよね」と定吉が驚いた様子で尋ねた。

「顔色は変わりませんが、ま、他に楽しみといっても……」

「それだけ飲めりゃ、大丈夫。自然ともっぱら〝軟〟へ向かっていきますよ。わたしが保証しますから」

「あんたが保証してどうすんのさ。毎晩だらしなく飲み過ぎて、そのへんでぐちゃっとしてタコみたいになってるんですよ」

「ハハハ。私も似たようなもので」

その晩は、定吉の「保証」が効いたせいか、釣った魚に釣られたのか、先生は「こんな旨いアユはない」と上機嫌で舌鼓を打ち、したたか酩酊した。

「特攻も、捕虜のことも、聞かれると拒む人が多いです。辛いことですから。ただ、自分はあけすけにして構わない、という立場です。ふれたくないことも時には、伝え、話さなくてはならない。自分は教師ですから……」

そう言って、ぽつりぽつりと先生は「特攻体験」について口を開いた。


中川先生が「特別攻撃隊」の練習航空隊教程の教官に着任したのは昭和十九年の十月だった。中川太郎は、二十六歳だった。特別攻撃隊（特攻隊）は、爆弾等を搭載した軍用機を敵艦船に体当たりさせ、戦死前提の特別攻撃を行う部隊のことである。「特攻」は選出された特攻要員が訓練を受け、出撃ごとに特攻要員から特攻隊員として編成される。

昭和十九年九月、サイパン玉砕後の陸軍は大本営陸軍部会議で「もはや航空特攻以外に戦局打開の道なし、特攻隊を編成して特攻に踏み切るべし」との結論に至った。

そして、同年十月、大西瀧治郎中将第一航空艦隊司令長官による部隊名発表があり、「神風特別攻撃隊」が編成されたのである。

神風特別攻撃隊は敷島隊の関行男大尉以下六機が出撃し、米海軍護衛空母「セント・ロー」を撃沈、大和隊の四機、朝日隊の一機、山桜隊の二機、菊水隊の二機、若桜隊の一機、彗星隊の一機等が次々に突入し、護衛空母を含む五隻に損傷を与えた。大本営海軍部はこうした戦果を大々的に発表し、敷島隊指揮官を「軍神」として祀り上げたのである。

翌二十年二月、硫黄島の戦いが開始されると「全航空隊特攻隊化計画」が決定、春頃から沖縄周辺に侵攻した米英豪海軍を中心とした連合国軍の艦隊に対し、日本軍は特攻隊を編成し九州・台湾から航空特攻を行った。

また、これと連動して戦艦「大和」以下の艦艇による水上特攻や「回天」「震洋」などの体当たり艇など各種特攻兵器も大量に投入されていった。

中川指揮下の練習生たちも「神風特別攻撃隊」に編成され、次から次へと体当たり攻撃で大海に散っていった。中川太郎は敗色が明らかになって行く戦況に不信感を持つこともあったが、祖国への愛と聖戦の勝利を信じる熱情が勝っていた。

上官からは「隊員に立派な最期を遂げさせるため、しっかり教育をしてくれ」と引導を渡され、中川自らも「一日も早く志願したい」と苛立つほどであった。

そうしたなかで、二十年八月六日と九日、広島・長崎に原子爆弾が投下され、直ちに片道燃料で七機が特攻として送り出されることが決定した。本土からは二十年八月十五日、百里原基地から第四御楯隊八機、木更津から第七御楯隊一機によって「特攻」が行われたが、これが玉音放送前の最後の出撃となり、大量の特攻戦備を待機させたまま終戦を迎えた。

同日、第五航艦司令長官宇垣纏中将は、玉音放送終了後、大分から「彗星四三型」に搭乗し、列機十一機を率いて沖縄近海の米海軍艦隊に突入し戦死、翌十六日、特攻隊を創設した大西瀧治郎中将が自決。

終戦三日目の八月十八日、中川は最後の十機に指揮官として選任された。「私にやらせてください」と懇願してきたので、やっと肩の荷が下りるような思いがした。「決死」の覚悟は固まっていた。

しかし、その夜、予想もしなかったことが起きた。聖戦を信じ、国の犠牲になるのは当然と信じていたが、一晩中涙が止まらないのだ。再び見ることのない故郷の景色、年老いた父母と二人の妹、学校、仲間たち、そして結婚を誓った女性。懐かしい顔、声、言葉が次々と浮かんできた。

——死んで行くということは、こういうことだったのか……。

上官たちから「自分たちも後から必ず行く」と言って送り出され一旦は晴れて出撃を喜んだ自分であったが、部下の心の内を何一つわかっていなかったのだ。一晩中、悔いと自責の刃を喉元に尽きつけられた。

そして迎えた出撃の日、既に戦争は終っていた。中川は「上官殿、我々は敗戦を知らなかったということにしてください」と訴えた。戦勢を挽回せん、一発必中と腹は決まった。終戦後の日本の特攻攻撃は、沖縄戦線でも中川たちと同じ猛烈な自殺的行為が繰り返されていた。

しかし、上官の福島は厳しい表情で、「中川少尉。気持ちはわかるが、戦争は終わった。お前は残った者を大事にしてやってくれ。この敗戦処理を誰がやるか。我々には陛下の御前で腹を切ることが残されている」と言った。屈辱が全身を駆け抜ける。とうとう出撃をせず、死を逃れた「特攻隊の教官」になってしまった。頭を抱えて泣き叫びたかった。

その後中川太郎は現地で戦犯の裁判に掛けられたが、英語が堪能であったため、通訳として日本兵の判決に寄与し、昭和二十二年春、引き揚げ船で祖国へ復員する日を迎えた。

春の海風を切って進むボロボロの戦艦「弁慶」から東シナ海の沖縄島全景を見渡すと、高い山の峰々の戦火でえぐられた赤肌の一部に、トウモロコシ畑や砂糖キビ畑が残っているのが眼にしみた。平和な暮らしがそこにある。

前方には果てしなく日本海が開け、遠く無限に連なる群青の海はしだいに明るい青空の光に包まれて、上空遥かには夏らしい真っ白な積乱雲がゆっくりと流れている。

あの悲惨な恐ろしい戦争の影一つない美しい見事な日本の空と海である。

――しかし、引き揚げ船の中では収拾のつかぬほどの飢えと病苦が蔓延し、祖国への夢を抱きながら、絶望感に浸された狂気までも渦巻いていた。

……重傷者、病者、精神病者。飢餓、外地での別れ、内地で家族を失った者。帰る当てのないもの、生活の当てのない者。生きて帰る者と死んで帰らぬ者の恨み、悲しみのすべてが混ざり合い、呻いていた。

そのさなか、中川の配下にあった特攻隊員の前田作一が戦場の遺恨を晴らそうとして上官二人に襲いかかってきた。前田は、上官の中川の胸ぐらを掴みにかかって来たが、中川は本能的に前田の足を払い、船底の鉄壁に思い切り投げ付けてしまった。無意識の一瞬だった。中川は咄嗟に「あ、すまん!」と叫んだときは遅く、前田の下肢は音を立て骨折し起き上がれなくなっていた。

「くそー、俺を海に投げろ。もう一度海に投げろ!」と荒れ狂う前田を前にして、中川は自らの苦痛を抱えこむように倒れ込んだ。心の底でひた隠しにしていた内心の痛みが血を吐いたのだろう。苦しむ中川を前田は呆然と見ていた。

中川は我に帰ると救急室に飛び込み、自分の手で無言で前田の手当てをした。前田はもう黙りこくっていた。何時間も、二人は黙っていた。

夜が明けると、艦板の方から沸き立つ大勢の歓声が聞こえてきた。

「おーい、祖国だ! 祖国だ。日本が見える。日本が見えるぞ!」

どよめきが船内に響き渡り、やがて引き揚げ船が兵庫県の舞鶴港に入って行くと元兵隊たちは、我れ先にと甲板に踊り出て行った。

暗い船底はぽっかりと穴のあいたように静寂を取り戻した。その片隅には中川と前田だけが取り残された。引き揚げ船は接岸し、渡り板が掛けられた。

「俺の背中に乗ってくれ。ここにいるわけにはいかない」

と中川が言うと、

「要らぬお世話だ。なぜ、貴様に助けてもらう道理があるか。人を死に追いやってきたやつが、いまさら何を！」と前田は喚き立てた。

「おまえの言う通りだ。言いわけはしない。しかし、ここまで帰って来たのだ。前田、祖国日本を見よう。俺たちはこの日のために命を懸けてきたのではないか」

一気に話したが胸が詰まってきてうまく話せない。中川は続けて何度も唾を飲み込み、

「前田、とにかく、今はここを降りてくれ。生きるもよし、死ぬもよし、それからのことだ」

そう言うと、有無を言わさず前田を背中におぶって甲板に出た。中川は「すまん」と一言だけ口にした。前田は言葉一つない。だが、中川に対して、自分が関わり合いを持った他の上官とは違うものを感じ取っていた。

港は、それぞれの家族、親戚、友たちの歓迎を受けて感動の対面で溢れていた。

「前田、ひとまず俺のところへ寄って手当てをしてくれ。それから、おまえとは落ち着いて話をしたい。後のことも考えたい。どうだろうか」

中川は、盲信により他人を巻き込んでしまった自分が許せなかった。どう償いをしたらよいのかわからない。しかし、徹底して前田と話し合い、決着をつけなければ、ここを回避して、自分の明日、前田の明日、祖国への生還はないと思ったのである。

——中川先生の話をキヨと定吉は黙って聞いていた。

「その時の彼は、私の家に居ます。あの時の骨折が治らず、毎日戦争の絵を画いているんです」

「何？　未だに骨折が治らないって。それはどういうことなんだい」

「戦いがすんだあとの我々の人生は難しい。ある意味で廃人のようになってしまう……」

　キヨと定吉は困ったものだ、という顔を見合わせた。

「おまえさん、いい考えがあるよ。内田町の『石田骨接ぎ院』に連れて行こう。前にあったろ、お前さんが配達中に電信柱にぶつかって骨折ったこと。あの先生の腕は確かだったよ。評判なんだ、日本一って。よし、そうとなったら早い方がいいや、おまえさん、明日にでも先生と一緒に前田さんを連れて行っとくれ。オート三輪に乗せて連れて行こうよ」

「ばかだなあ、こんなによっぱらっちゃ、真っ直ぐ走れねえや」

「今じゃないの、明日だよ。真っ直ぐ走ったって通り越しちゃうんだろ、あちこち曲がるのさ、馬鹿」

「よっしゃ、そうと決まったら行くしかねえ。先生、明日、行きましょうよ」

その翌日、定吉、中川、前田の三人は早速オート三輪車で内田町の石田骨接ぎ院へ駆けつけた。前田は定吉へ会釈はしたものの、押し黙ったままで、足をひきずってふてくされたように歩いた。中川が手を貸そうとすると、それを払いのける。定吉はそれをつらい、苦々しい思いで見ていた。

院内の玄関口に入り、定吉が奥へ声をかけると、小柄な武術家のような老人がにこにこして現れた。

「先生、お久しぶりです。急なことですみませんが、今日はまた宜しくお願いします」

「おお。定吉さんも元気になられて何よりです。足を悪くされたとか」

「はあ。うちの先生のお仲間で前田さんです」

診察室で中川が手短に説明をすると、

「ふむ。長い間、放置しておいたとな。どれどれ。前田さん、そこの座布団の上に座ってくだされ」

前田は言われた通り、片足を延ばして座ると石田医師はその足をさすって、

「はあ、なるほど。まあ、きれいに骨折したもんじゃな。複雑骨折じゃないからな、大丈夫。よっしゃ、一息で治すよ、いくで！　ちょっとばかり、我慢しなさい。男の値打ちは我慢、我慢！」

と言って、前田を寝かせ、自分の足をその股に入れて思い切り強く引っ張った。

間髪を容れぬ一瞬の出来事だった。「ああ！　うう……」という苦痛に満ちた前田のうめき声が洩れ、中川と定吉が息を飲むと、「よっしゃ。ええで、もう」と石田医師が穏やかな笑顔で三人の表情を見比べるように、

「あとは膏薬と添え木で……半月たったら、また様子を見せに来なさい」

前田はこれまでの鬱屈《うっくつ》が一瞬にして消え去ったので、霧が晴れたように清々しい顔になった。中川と定吉は石田医師の腕前にただただ見とれていた。手品を見せられたようである。

「あっけないからびっくりしたか知らんが、大丈夫じゃ。わしはな、戦争中は朝鮮や支那で骨接ぎをやってな、あんな時期はレントゲンも何もないから、みんないまのようなやり方でたくさん治して来た。荒療治じゃが、心配ない。完治間違いなしじゃ」

石田医師のひょうひょうとした温かみのある風格が、診察室の南方に開いた窓からさす明るい光のように、前田を安心させたようだ。

医院を後にすると、中川が、

「定吉さん、ありがとうございました。医師というより職人気質の名人のような先生ですね。見事なものでした」

と言うと、前田が同じように、

「定吉さん。ありがとうございました。本当に助かりました」

と頭を下げて初めて口を開き挨拶したので、単純な定吉はいっぺんに上機嫌になった。

「あんたら、これから牛乳を飲みに寄って来んさい。骨折にはカルシウム補給、牛乳が一番なんじゃ」

生きていればこそ

前田作一は骨接ぎに通い三ヵ月後、動かせなかった手足の自由がきくようになり、定吉の誘いで青山商店で住み込みで働く店員になった。

前田は静岡の浜松町で大工職人の家に生まれ、跡取り棟梁になるはずだった。器用で、身体を動かすことを厭わないので、牛乳店の業務に早々と慣れた。

中川は、前田が働くようになってから仕事帰りによく立ち寄るようになった。

夕方、裸電球の灯った店内で前田が牛乳瓶を運んだり、帳簿を整理している傍らで牛乳を飲むのは、心がやすらぎ、実にうまかった。

「店の中で飲むと新鮮な気がするよ」

「ハハハ。そりゃ、気のせいでしょうが」

「おまえが忙しくやっているのを見ると、ほっとする」

「少尉殿もそう思いますか?」

「少尉殿は、冗談でもやめてくれ」

「ハハハ。私はこれまで何もできなかったですから。戦争の傷は、いつ消えることやら」

「The moon is a moon still, whether it shines or not. 輝いている時も、輝いていない時も、月は月であるってことわざさ。雲間にかくれても、輝いていても、月は月であれば価値がある。前田は前田、俺は俺。それでいいんだ。その人らしくあれば、かくれていても輝いても、あせらず急がずやっていこうよ。おまえが自滅したら、おれだってダメになってたよ」

「……月のように、ですか。俺はずいぶん雲間にかくれてたなあ。でも、ご迷惑をかけましたが、働けることがこんなに気持ちがいいとは」

「平和がしみるよなあ。我々は一度、死んだ人間だからな」

「終わったはずの人生が、また始まった感じですよ。それからね、ここの飯はですね、とてもうまいんです。おどろきました。」

「ワハハハ。そりゃあ、おれたちの自炊飯からここへ移って来たら、天国だろうよ」

「牛乳屋の仕事は、これほど規則正しい生活もありませんし、働いてうまいもん食ってれば眠くなるし。毎晩おやじさんの酒につき合いながら、ありがたいと思っています」

「俺は教師になって最初はダメだった。軍人になってしまうんだ。しかし、やっているうちに何となく、それらしくなってきた。積み重ねだな、人生は」

「大母さんが中川さんをいい先生、いい先生って言ってます」

「悪い軍人から、いい先生へ……おれなあ、初めて空飛んで雲海を見たときは驚いたが、終戦の夏に大雪原のような雲海に出くわして、あちこちビルや五重塔みたいな高い雲が林立してるんだ。夕方の後光を浴びてな。その中でひときわ大きな白い観音像が立っているのを見たことがある。ときどき、よみがえってくるんだよ」

「じゃあ、まだ戦闘機から、降りられないのですな」

「おまえも、うなされているぞ、ときどき」

「……そうですか。しかし、こうやって帰ってきたから」

「はじまるよな。いろんなことが、また、これから」

「エンジン始動ですか」

「空を飛ぶのはもうたくさんさ。今度は、大地にはいつくばりてえ」

「自分も、下を向いて地道に生きたいです。もう少し落ち着いたら、静岡の実家にも連絡をとるつもりです」

店の外から定吉とキヨが建子の手を引いて戻って来た。建子は花模様の浴衣を着て、手に金魚のビニール袋を提げ、定吉はひょっとこの面をつけている。今夜は針綱神社のお祭りで露店がたくさん出ているのだ。

「先生、いらっしゃい。わしらのこと、なんか言ってましたか。家の前で笑い声が聞こえましたがな。付き合ってると眠くなるとか。今晩もどうでっか、一杯、二杯、三杯と」

「ハハハ。いやいや、いまはこれをいただいて」

と言って、中川は中身が半分程になった牛乳瓶を高く掲げて見せた。特攻先生はひとくち、ひとくち咬むように大切に、味わって牛乳を飲んでいる。

「そ、そうだ……」と言って中川は鞄の奥からキャラメルを取り出し、店の奥に座って大人しくしている建子に「はい、おみやげだよ」と手渡した。建子の顔によく似たかわいらしいエンゼルマークのミルクキャラメルだ。

「ワーッ」と言って建子は目を輝かせキャラメルに飛びついて、小さな胸に両手で抱えている。

「どうしたの。今、食べないのかい」と中川が聞くと、うんとうなずいて、

「あとでおかあちゃんと食べる……」

キヨがうれしそうに建子の肩にそっと手をおいて、「おかあちゃんにもくれるのかい」

と聞くと、だまってこっくりをする。

建子が青山家の子となってから、早くも四年の歳月が流れていた。

「父親」になった親分

高木秀男は犬山ガス会社の従業員で、昭和十八年四月に召集を受けニューギニアの戦地に赴いたが、十九年十月に負傷兵として帰国した。「左腕切断」と「右目失明」で、高木はその障害のためガス会社には復職できなかった。

あちこち手を尽くしたが定職に就けず八方ふさがりで、やがて名古屋の円道寺一家のヤクザ稼業の親分と盃を交わした。当時は戦地で損傷を受け正業に就けず、こうした身の振り方をして行く者が多かったのである。

高木は戦地で生死をさまよったためか、自暴自棄の故か、度胸があり、若頭としての出世は早かった。妻の芳江は夫の稼業に反対できず、犬山の高木組で渡世人の女房となった。

内地に戻り三年目の昭和二十二年春、芳江に子供が宿った。高木は喜ぶどころか「中絶しろ」と反対した。「博打渡世では手枷足枷があっちゃいけねえ」と言うのである。

キヨは苦しんでいる芳江を見て、「家族のために真っ当な正業に就いてほしい」と高木に相談を持ちかけたところ、何も答えはなかった。

芳江はお腹の子をあきらめられず、いつのまにか九ヵ月の身重になった。

「どうした、冴えない顔をして。母親になる日は近いんだよ」
キヨが心配して聞いても芳江は黙り込みがちで、「旦那がどうしても許さないと言ってる」
という返事が返ってきた。
「芳江ちゃん、何言ってるんだい。ここまで来たら産むしかないじゃないか。お腹にいても、
赤ん坊は一人の人間なんだよ」
「高木はあたしの話を聞くどころか、怒り出して飛び出してしまうんです」
芳江は赤く焼けた古畳の上に眼を落とした。何一つ満足のない貧しい生活のなかで、お腹の子
は芳江のたった一つの望みなのである。
そこへ、玄関の戸を威勢よく開けてつかつかと高木が入って来た。
「またあんたかい、産婆さん。かかあには産ませんよ。帰ってくれないか」
高木の横柄な態度に今度はキヨの目が吊り上がり、自分でも驚くばかりの声が出た。
「高木さん。あんたの子はな、お腹の中で、もう一人前になってるんだ」
「婆さんよ。わしのような人間にガキなんて要らんのよ。見てくれ、戦争で片目はない、腕は
ない、こんなじゃよ。かたわじゃよ。真っ当な道では生きられん。どこへ行っても鼻もひっか
けられん。婆さんよう、人には人の事情ちゅうもんがある。俺にはこの渡世しか生きる道は残
されておらん。それでも生みたい言うんやったら、出て行ってもらうしかない」

「あんたの気持はわかる。玉のような子が生まれても、あの戦争で、死んでしまった親らは大勢おるよ。それでも、みんなが不幸になったわけじゃない。神様からいただいた命を粗末にしたらいかん。人間は子の親になってこそ、初めて気づくことがある。芳江ちゃんには明日がある。あんたの人生だって、明日がある。お腹の子は、その明日を運んでくるのさ」

「理屈を言うなや。俺は真っ当じゃねぇって言ってんだ。殺るか、殺られるか、そんな稼業なんだよ。あんた、そんな人間に意見して、どうするのや」

「だったら足を洗えばいいさ。それだけのことじゃないか。心が真っ当なら、真っ当に生きていけるんだよ。それが人ってもんさ。あんた、自分に目をそむけるな。命がけで働けば、お天道様はわかってくれるよ。みんなお見通しなんだ。男が壁にぶち当たって泣き言言っちゃ、お腹の子に申しわけが立たないじゃないか」

「それどころじゃねえ。毎日、毎日、体はってるんだ」

「人はなあ、みんな毎日、体はってるんや。芳江ちゃん、こんなやつはもうあかん。さっぱりあきらめよ、わたしの家に来て産みな」

「べらべら、ぐちゃぐちゃ言いやがって。婆さんよ、おまえそんなに商売がしたいんか。芳江もわかんねえのか！」

　こたつぶとんを蹴りあげたので、卓上のお茶やら茶碗やらが周囲に飛び散った。すると座っ

ていたキヨが立ちあがり、高木の顔面に頭突きでもしそうな剣幕で、

「バカヤロウ！　人間はな、心があればできんことは一つもないのさ。おまえが失ったのは腕じゃない、目じゃない、心なんだ。心がないから何もできないんだ。アホなガキみたいなことほざきやがって」

高木は頭に血が上り、体が震えそうになったが、何せ、自分より一回り以上も小さい婆さん一人、殴り倒すわけにもいかない。睨み返しながらも半ば呆れていた。懐に偲ばせたドスは、子どもと婆さんには役立たないものである。

キヨの方はもはや冷え切った顔つきで、ビクともせずにらみ返して、

「おまえにどんなに辛いことがあっても、それを支えて来たのは芳江ちゃんじゃないか。それがわからないのか。高木さん、あんたはたった一人のこの世の味方をいま見失ってしまっていいのか。芳江ちゃんはなあ、今出て行ったらもう二度と、ここに戻らんよ」

芳江はハラハラして見ていたが、やがて自分も意を決したように、寝床からふらふらと起き上がり、ありったけの力で一語一語、はっきりと申し渡すように高木に言った。

「私はあんたの子が、欲しい。許してくれないなら、この子と出て行く。この子は決して死なせないよ」

覚悟を決めた芳江は、人を寄せ付けぬ鬼気迫る力があった。高木は何も言えなくなった。芳

江は隣の部屋で風呂敷を広げるとありったけの荷物をまとめ始めた。

高木は苛立たしさで握った拳を震わせながら、キヨをぐっと睨み付けて、

「身体を張るってことがどういうことか、おめえみたいな婆あにわかってたまるか」

「堅気の人間だって女房と子どものため命張ってんだ。おまえが気が付いてないだけなんだよ。男の仕事は、女房子どもを守ってやることなんだ。おまえが芳江ちゃんを守らなくていったいだれが守るのさ！」

一言いえば、三つ四つが返って来る。口先では勝負にならず、高木のほうが何をどう言えばいいのか、わからなくなってきた。

「くそっ、婆あ、ひっこんでろ！」

と怒鳴りまくるのが精いっぱいで、後ろに控えた高木の子分たち三人は、ただ遠巻きにして口をぽかんとあけて見ている他なかった。

高木はますます頭に血がのぼってきたが、しかし、凄むきっかけはとうにしぼみきっている。キヨが言った言葉が頭の中をぐるぐる走り回っていた。

——どんな時でも、おまえを支えて来たのは芳江じゃないか。世の中のたった一人の味方をおまえはここで失ってもいいのか。おまえはそれほどまでにバカなのか？

キヨの言う通りだった。腕を失い、目を失い、職を追われても、芳江が支えてくれたからこ

そ、こうして今も生きながらえて何とかやっていられるのだ。

そのとき、隣室で荷づくりをしていた芳江が、ひときわ大きなうめき声を発した。キヨはすぐ芳江に駆けより、「ん…、こりゃ、ちょっと早まるかもしれん。ここで産むか、産院で産むかだが、芳江ちゃん、もうこうなったらうちへ行こう。何もかも、あたしがぜんぶ引き受けたで」

キヨは子分たちに「電話借りるよ」と言い放って玄関に下りた。当時、庶民の間では電話のある家は少なかったが、そこは貧しいながらも三人の子分を従える親分だった。

しばらくして「おばちゃーん、参上やで」と外で大声がして、大介と杉浦太一が自転車にリヤカーを付けてニコニコして迎えに来た。

「おお、大ちゃん、杉ちゃん、ありがとね。定吉おじさん、今日は留守してるんだ、ごめんな。いま、産まれそうなんだ、家へ連れていくから手伝っておくれ」

「任せといてくれ。それにおじさんもいるから、大丈夫だよ」

大介が「おじさん」と呼んだのは、キヨの後ろにぼさっと立っている、寝ぼけた「丹下左膳」のような着流しの親分のことである。

キヨは後ろをふりかえって相手にせず、「ふん」と高木を一瞥しただけだ。高木は、どうしたらいいか、もはやキヨに盾突く気持ちすら失せていた。頭の中が真っ白になってしまった。

すぐにリヤカーに布団が敷かれ、芳江を大事に寝かせて脇にはキヨがしっかりと寄り添って発車の段取りとなった。リヤカーは大介が引いて杉浦が後を押して来たのだが、

「おじさん、後を押してよ」

と大介たちの言葉に促されて、「ああ、おお…」と言って高木親分もあわてて無言で車の後について来た。置き去りを食った子分たちは、所在なげに親分の後ろ姿を見送っている。

青山助産院の二階に落ち着いた芳江は、唸り声がいよいよ激しくなり、キヨは上から一階の土間へ呼びかけて、テキパキと指示を下す。

「大ちゃん、そのおじさんにも教えてあげておくれ」

「わかった」

「建子は邪魔しないようにそこにちゃんと座っていろよ」

「おじさん、そこの一番大きな鍋に水を一杯に入れて来て」

大介や杉浦にせかされると、高木は「おっ、わかった」と言って素直に従うようになった。大介たちは当初この着流しおじさんがうさんくさい気味もあったが、キヨが次々と指示を下すので脇目をふっている暇もない。

「大ちゃん、杉ちゃん、お湯をわかすんだよ」

竈の中に薪を入れ竹筒の火吹きで吹くのだが、高木はコツをのみこめず煙がもうもうと出て

涙まじりになってせきをしている。

「おじさん、だめだめ、もっと近く！　もっと下の方を吹くんだよ」

　汗だくになってお湯を沸かすと、大介と杉浦は盥を二階に上げ忙しそうに働いている。キヨの手伝いは初めてではないので段取りは分かっている。時間が経つにつれ、芳江の声が大きくなり、高木は二階を気にしながら竈の様子を伺っている。

　キヨは力づよく芳江を励ました。

「芳江ちゃん、がまんしろ。いいよ、大丈夫、その調子で。いい子が生まれるよ」

「あたし、この子は、一人で絶対に……」

「幸せにしてな、芳江ちゃん。何とかなるものさ。女は子供が出来ると、とたんに強くなるの。あんたの人生は、まだまだこれからさ」

　芳江もキヨも中途半端に後を追って歩いてきた高木が大介の下働きでやっきになっていることは忘れていた。二階からは芳江の痛みに耐える声の間隔が短くなってきた。

　高木には、割り切れない思いがしきりとかけめぐった。

　――やくざになる前は食うや食わずの生活で芳江を泣かし続けてきたのだ。その暮らしに戻れというのか。自分の働きで、子どもを人並みに育て上げられるだろうか。

　やくざ渡世に身体をはって、と凄んで見せたところで、本当のところ障害者となった高木は自信がないのだった。暑さと苛立ちで片袖を脱ぐと、肩には般若の刺青が彫られている。

大介は生まれて初めて刺青を見たので目を丸くして、

「うわー、おじさんの肩に絵が描いてある。アッ！　お祭りのお面だ。すごいや！」

その時、二階の階段からまたキヨが大声で叫んだ。

「生まれたよ、いい子だよ。あのおじさん、まだいるのかい」

「般若のおじさんかい。しゃがんでずーっと下向いている」

「おや、そう。支度ができたら呼ぶから、ちょっと待っててね」

やがて、「来ていいよって。赤ちゃん、とても元気だ」

キヨの声に高木はあわてて階段を駆け上がると、キヨに頭を下げて、芳江と赤ん坊のそばに近寄った。そして、芳江と赤ん坊に片手をついて何か言っている。

せきこんでいるのか、声が出ないのか。周囲の者にはわからないが、芳江だけは高木が言っている言葉がわかった。

「すまなかった。ありがとう」と言っているのだ。

芳江は満ち足りた母の顔で、高木を真っ直ぐに見つめていた。

「芳江ちゃん。親分、どうしたの。何かいってるの？」

キヨが聞くと、芳江はにっこりして、

「生んでくれて、ありがとうって」

「……そうか、そうか。親分さん、立派な男の子だね。今日からあんた、父親になるんだ、手をにぎってあげて。ほら、三人で、指きり約束げんまん。幸せになりますって！」

高木親分はやっとキヨを見上げて、

「あったかいな。芳江も、この子の手も」

キヨは先程までとは打って変った静かな顔を高木に向け、

「高木さん、先の事は何とかなるものさ。きっとこの子がみちびいてくれるさ」

芳江の目の中では母になった強い光がきらきら濡れている。

「おばさん。あたし、高木にかたぎになってもらえたら、貧乏でも平気よ」

「あったりまえさ、芳江ちゃん。貧乏なんか何でもないよ、幸せならいいのさ。親分は体張ってると言うけど、これからは体じゃなくて、心を張ってごらん。あんたが心を張って生きたら、この町の人たちはきっと力になってくれるさ。今日だってね、ほら、そこの〝のらくろ〟みたいな顔した子供らが、一生懸命手伝って協力してくれたじゃないか」

〝のらくろ〟みたいな子供ら、と言われて、大介と杉浦は互いに顔を見合わせた。

川と城のある町、白い雲が飛んでいる。和尚とキヨの運命の出会い風景。

第八章　ふるさとの訛

さっちゃんの恋

大介の家にマンボズボンをはいた〝さっちゃん〟という軽やかな洋装の娘がやってきた。

大介たちが学校から帰ってみると、大介の聞いたこともない曲をハミングして家の手伝いをしていた。〝マンボズボン〟は今のジーンズのことで、当時そんな格好をしている娘は犬山では珍しかった。

さっちゃんは歌子の知り合いの娘で、「野田幸子、二十歳」と自己紹介した。

今日で三日も二階の部屋に泊まっていたが、若い女性のいない水野家は幸子が来たことで花が咲いたように明るくにぎやかになった。

しかし、歌子がキヨのところへ幸ちゃんを連れて行くと、行きにあった〝元気〟がなくなって悄然として帰って来た。

夕食時の歌子との会話の中で、また明日も産婆さんのところに行くという話をしていた。

「どうしよう、どうしようかな……」

とさっちゃんが悩んでいるので、「どうやら、赤ん坊のことらしい」と大介にも様子がわかってきた。

その夜、木製ラジオの前に集まって、大介と良夫、毎日立ち寄る近所の水谷さんと、人気番組の「とんち教室」や「東京ブギウギ」などの歌謡曲を聞いていると、玄関先で聞きなれたキヨの声がした。

「こんばんは。ご飯は済んだの？」

流しで洗い物をしながら、歌子は、

「今、片付けが済んだところです」

その声は大介たちの顔を見るなり、水谷さんにも陽気に話しかける。

「あら！　水谷さん、まだいたの？　ラジオ好きですもんね。息子さんはまだ復員してこないの？　シベリアから何も連絡ないのかね？」

水谷はラジオに夢中だったが、息子さんと聞かれたので、キヨのそばに行って挨拶した。

「はい……まだ何も。どこで遊んでいるやら、向こうでいい女でも出きゃあて……ハハハハハ」

「そんなことならいい。……そのときは私がお孫さんを取り上げに行ってやるから」

「頼むよキヨさん！　一緒に行って、犬山に連れて帰って来てちょうよ」

水谷はかれこれ三年になるが、選挙運動の手伝いをするようになってからは実郎の犬山事務所の職員のような立場になっていた。昼頃に来て夜の八時には近くにある自宅に帰る、という形で実郎の指示にしたがって地元の連絡業務を担当していた。歌子の方も分け隔てなく接するので、水谷にとって水野の家は気の置けない場所でもあった。

大母さんは土間から上がり、奥でちゃぶ台を拭いているさっちゃんのそばに行って、

「さっちゃん、とにかく産もうね。歌さんもうちに置いてあげると言っているし……みんないれば安心で心配はいらないよ。あんた、三波さんところへ行くんじゃないかと心配で来たのよ」

「三波さん」というのは、この町で二つある産婦人科病院の一つである。当時は産婦人科と言えば、中絶のために行くところだった。

「ここが居づらかったら、おばさんちに来ればいいよ。うちの亭主はお人好しだから気遣いは要らないよ。店でお手伝いすればいいからね」

幸子は戦後、名古屋の駅裏の喫茶店で働いていて、その時に知り合った米兵と深い仲になった。歌子と幸子の母親は浄瑠璃修業時代の仲間で、幸子が小さい時からの付き合いだった。その母親が故人となり、歌子は残された幸子の唯一の相談相手になっていた。そして、幸子から

米兵との話を聞いた歌子はそのまま放っておけなくなってしまったのだった。

戦後の混乱期に女一人、働き場所や食糧を確保するのは大変なことである。

幸子は身の振り方について迷いに迷っていたが、キヨは「生もうか、どうするか」という話を聞くと気が気ではなくなり、今夜も心配になって元気づけに来たということだった。

「うちは、歌さん家とはずいぶん長い付き合いでね。上の子は特にわたしたちの子供みたいなもだからね。ねぇ、大ちゃん、聞こえたか」

「大母さん、声が大きいから、聞きたくなくても聞こえちゃうよ」

「おお、言ったね。聞きたくないって」

「大母さん」と慕われるとキヨは上機嫌で、ポケットからおみやげに持ってきた犬山名物〝げんこつ飴〟を一袋出して子どもたちを手招きしている。

そしてまた、幸子に振り返って言った。

「さっちゃん。外国の人との子でもいいじゃないか。私はそれほど抵抗はないよ。安心しなさい。戦争が終わって、これから日本も国際的になること間違いないのさ。だから、国際結婚なんて流行一番乗りさ。ね」

幸子はキヨの言葉に勇気を得たのか、涙を浮かべながら、歌子のほうを振り返り、

「わたし、そうしてもいいですか？……」

「もちろんよ。さっちゃんがいいと思うことがいいの。相手の人の写真はあったらわたしに見せてくれない」

歌子が明るく答えた。幸子の意思がはっきり固まったことが嬉しかった。祝福してやりたい気持ちで、彼女の手を掴んで両手で何度も揺さぶった。

幸子はバッグの内ポケットから写真を取り出してきて、

「この人です。名前はジョーズと言います」

「うわあ、大きい人だねえ、幸ちゃんが子供みたいに見えるわ」

「やっぱり鼻が高いわね」と、キヨも覗き見て、

「なかなかカッコいい人じゃないか。きっと、大きな子供が生まれるよ」

「はい。……でも、十日前に朝鮮戦争に行きました」

「そうか。なるほど、勝った国は勝ったで大変だね。負けた日本は兵隊さんが解散して戦争やりたくたって何も出来やしないけど、やらない方がいいに決まってるわ。これが負けて勝つってことなんだよなあ。そうだろ、大ちゃん大臣よ」

「ぼくはもう戦争したくないよ。米作ったほうがみんなのためにも、国のためにも役に立つって、お父さんが言ってたよ」

「さすが、お父さんだ。そうそう、今度、北島さん家にテレビジョンとかいう映画みたいに画

が映る凄いのが入るらしいんだ。知ってるかい、大ちゃん」

「やっぱり、そうなんだ。ぼく見せてもらおう」

「北島さんのおじさんは良い人だからね、見せてくれるさ。よかったわね」

「でもね、あのおじさんは戦争で儲けたって、よその人が言ってたよ」

「そうかい、でもな、北島さんはみんなのためにお金使ってくれる人だから立派だよ」

「そうだね、ぼくたちのためにも色々出してくれるんだよ」

「今度の日曜日、お宮の〝お日待ち〟でも、お米とゴボウや人参、鶏肉、醤油、たくさん出していただいたよ。大ちゃん、たんと食べるんだよ。いつもみんなに負けるんだから」

「お父さんが言ってたよ、あんまり食べ過ぎるのは〝バカの大食い〟だって」

「子どものうちはたくさん食べて大きくなるの。さてさて、来てよかったわ。さっちゃんはこれで決まりだね。よかったね。また明日来るんだよ、お目出たの日を見るからね」

「はい、そうします。ずっと迷っていたけど、おばさんの言葉でもうスッキリしたわ」

「よっしゃ、この〈むかえびと〉がお引き受け候！」

　どんな状況にあっても天から授かった命はかけがえのない大切なものである。それを守り通すことが、キヨの生きることのすべてだった。キヨにすれば、赤ん坊の〝オギャー〟は、神の叫びであり、祈りなのである。

町の灯りはダイヤモンド

北島さんの家の前に大介を先頭に子どもたちが二十人ほど騒いで並んでいた。「おじさん、テレビジョンを見せてください」と玄関先はお祭りのような騒ぎである。

北島さんの家は玄関に入るとすぐに右手に広々とした土間があり、奥の間に堂々と角が丸い大型のテレビジョンが置いてあった。

「ああ、いいよ！　静かにして見るんだぞ。みんな勉強して来ただろうな？　宿題もやって来たか？」

「ハイ！」

「ハイ！」

「ハァーイ」

子どもたちは元気に返事をして、それぞれが持って来た敷物を土間に敷いて座っていく。この時代は、白黒テレビ、電気洗濯機、電気冷蔵庫の家電製品が「三種の神器」と呼ばれるヒット商品となり、家庭の主婦たちの憧れの的となった。余裕のある家ではテレビを購入すると、近所の人たちを招くのが当時の〝習わし〟でもあった。

人気の高かったテレビ番組は、〝プロレスの力道山〟だった。これは反則プレーをするアメリカ人レスラーを力道山が最後に空手チョップでやっつけるという お約束の筋書きであったが、国民は大喜びで熱狂した。戦後の日本人の鬱屈した心情の解消にはうってつけだったのだ。ボクシングでは白井義男が日本初の世界フライ級王者になった。道行く大人たちも足を止めてガラス戸越しに、こうしたテレビ番組の中の光景に見入っていることがあった。日本人にとって、力道山や白井の王者獲得と防衛戦は、戦後の暗い生活の〝励ましの光〟でもあったのである。

五月五日の「こどもの日」は、年に一度の富士見町の「子ども遠足日」で、北島さんはその時もあれこれといろいろな費用を負担してくれた。少しでも余裕がある者が困った人を助ける、というのは戦争を通過して戦後間もなくまで共通してあった日本人の心情である。日本中のどこにでも、子どもたちを守ってくれる篤志家の〝やさしいおじさん〟がいたものである。

そして、そうした場で惜しみなく労力を提供し、子どもたちのお世話をするのがキヨたちのような〝うるさいおばさん〟の役割であった。

この日は毎年、トラックの荷台に子どもたちを乗せ、木曽川の上流の日本一の桃太郎神社へ遠出して、そこでドッジボールや駆けっこの小さな運動会をした。ご褒美にバナナやリンゴをもらい、親たちがこしらえたおにぎりと、けんちん汁で昼食をとり、金持ちの子も貧乏な子も同じように分け隔てなく、みんなで同じ釜の飯を食べて遊ぶのである。

帰り道は木曽川の河畔を下って行く。約五キロ程の道のりだが、帰りは全員一緒に歩いて帰るのが習わしであった。小学一年生も、六年生も、弱い者も強い者も、みんな一緒に帰って行くのである。

大介が六年生の時のこと。いつもは親と子どもが一緒になって五キロの道のりを歩いて帰るのだが、その時は行事が済んだらいつもの仲間七人で、継ヶ尾山を越えて、みんなより早く着いて驚かせてやろうという話になり、途中でうまく参加者の列から抜けて山を登り始めた。

だが、山の頂上には目標となる目印が何もないため、方向を見失い、道に迷ってしまった。あたりが急に暗くなって、泣きだす子も出てきて、みんな不安になってきた。大介もどうしていいか分からず不安が高まったが、上級生ということもあり責任感から、ひたすら仲間を励まし続け、どうにかして頂上まで辿り着くことができた。

「みんな、ほら！　向こうに灯りが見えるぞ」

「あっ、町の灯りだ。バンザーイ」

夜空の闇の向こうには、遠くまばらに町の灯りが見えた。あの灯りに向かって歩いていけばいいのだ。目標が定まった。口ぐちに歓声がもれた。みんなの目に映った眼下の灯りは、地上の星の輝きだった。

「あれが犬山駅の電気だよ！　ほらほら、電車が犬山口のほうから来たよ」

「そうだよ。あれはぼくんちの家かなぁ」

「違うよ。あれはパチンコ屋の杉村の家だよ」

「よし、あの灯りを目指して下りよう」

「暗いから足元に気を付けろよ」

　月の明かりを頼りみんなで山を下り始めた。中には足を滑らせたり尻もちを突いたり、草で顔を切ったりする者もいたが、みんな心を一つにして年上の子は年下をいたわり、年下の子は年上に従って、困難を乗り越える達成感を体中から感じていた。

　後年、大介が青年団に入団したところ、当時をふりかえってこの体験を町内の仲間と懐かしく語り合ったことがある。

「あのときは、まるでダイヤモンドでも見つけたような騒ぎだったな」

「希望の灯りだよ」

「あの思い出は高校生になっても昨日のことのように覚えていたよ」

「そうだな。もしかしたら、おれたちこの先もずっと忘れないだろうな」

「希望の灯りが見つかれば、それに向かって歩いて行ける、と言うことがわかったんだから、すごい体験だったよ。みんな一緒、というのが大事なんだ。」

北島さんは子どもがなかったので後に養子を迎え、自動車業界の将来を考えて、ガソリンスタンドと修理工場を十店舗設置し、大成功した。思い起こせば北島さんが何の見返りも求めず、子どもたちを元気付けてやろうとテレビを見せてくれたり、日本の将来を担って行く「未来人」に尽くしたことは、これこそが自然の徳の萌芽ではなかったかと、のちに大介は考えるようになった。

今も大介は「徳を積むことが人の道なり」と心に定めている。

爽やかな初夏の日、野田幸子のお産の日となった。

ガチャガチャ響く牛乳瓶の音の中、フンドシ姿の定吉と大きくなったお腹を突きだしながら作業するさっちゃんが店にいた。

近所の子供たちも駄菓子やラムネなどを手にして店の内外で輪になって、遊び賑やかなひときである。

しばらくして買い物から帰ったキヨが聞いた。

「さっちゃん、今夜が当たり日だけど、何か変わったことはなかった?」

裏口から声が掛かったので幸ちゃんは振り向きながら答えた。

「そう言えば水みたいなのが出た感じです」

「よし、もう仕事は止めて裏の椅子に掛けていてね。寝るのはまだ後でいいよ」

「はーい。今日は、まな板の上の鯉になりますから、宜しくお願いします」

野田幸子はいよいよ〝お母さん〟になる時が近づいて来た。青山牛乳店に手伝いに来てからも元気に仕事をして、とても明るい妊婦さんになっていた。

歌子もお産の先輩としてアドバイスをした。

「さっちゃん、私がついているから心配ないよ。貴方のお母さんと一緒だと思ってね。守ってくれるからね。それとね、うちの水野が、外務省を通じてジョーズさんに手紙が届くようにしてあげるからと言っていたの。よかったね。アメリカ人はやさしいから。それに大介が最近アメリカ人の兵隊さんと友達になってね、急にアメリカびいきになって、さっちゃんのこと話してるみたいよ」

「嬉しいわ、大ちゃんは頼りになるもんね」

「あれだけアメリカ嫌いだった子が、日本人より好きになったみたい」

「今度は、ここでアメリカの女の人と出来ちゃって、おばちゃんに大ちゃんの赤ちゃん取り上げてもらうかもよ、アハハハ」

するとキヨが、歌子をからかった。

「聞いたかい？　歌さん、アメリカ人に大ちゃん取られてもいいかね？　私は少々抵抗あるけどね」

「いやだわ、まだまだ子どもよ、そんな話早すぎるわよ」

そうして話しているうちに、さっちゃんが唸りだした。

「うう、ううーん、おばさん、お腹が……。また始まったみたい」

「さっちゃん、こりゃ案外安産だねえ、あと二時間くらいでこの手に抱き上げてみせるよ。さてと、そろそろ横になることにしましょうか」

　そして歌子の手伝いもあって、親子とも元気にキヨの〈むかえびと〉でまた一人の命の誕生となったのである。

　この子はのちに、高校野球で活躍する球児になり、甲子園で中京商業高等学校（現在の中京大中京高校）の春・夏の二連覇に貢献し、後にプロ野球の選手になった。

　朝鮮戦争に参加した父親のジョーズは無事帰還し、一時帰国したが空軍のため、また小牧基地で勤務することになり、幸子と結婚した。その後も二人の子供に恵まれ、キヨが取り上げて、家族五人の幸せな家庭を築くことができた。

犬山祭りと炊き出しご飯

飛騨を源流にした木曽川の岸辺に広がる犬山町は、尾張藩成瀬家の城、犬山城の城下町である。

針綱神社を中心にして町はこぢんまりとまとまり、町民二万四千人が心豊かに暮らす愛すべき町だ。犬山町でただ一つの交通機関は名鉄電車で、愛知県の中心の名古屋市に通じ、隣の岐阜県鵜沼町にも通じていた。駅前周辺は「尾張富士」が見えることから「富士見町」と名付けられた。

しかし犬山町が新しく作った町であったために、毎年四月の犬山祭りの花車祭りでは、車山《やま》がなく、大介は曳きたくても曳けない悔しさを、大人になってからも忘れられなかった。

犬山祭りは、十三町の豪華絢爛の車山を練りまわしながら、犬山城下の町内を歩き回り、集結するもので、一六三五年、時の城主・成瀬家二代目正虎の声掛けにより、町の活性化のために発案された針綱神社のお祭りである。

普通は「山車《だし》」と言うが、犬山では「車山」と言う。車山が、祭りの際に町に出るというのは、神がそこに乗り移って町の繁栄を祈願するという意味がある。

戦時中は中止されていた祭りだが、無事に帰れた兵隊さんへの元気付けのためにも、昭和二十一年から復活した。

この日は毎月恒例の〝お日待ち〟で、各家庭の子どもたちは、夕方になると箸と茶碗を持って町内の氏子の稲葉神社に集まって、そこで振舞われる〝炊き出しご飯〟を子どもたちはこぞって食べたものだ。

食料のない時代で、親は我慢しても、子どもたちには腹一杯食べさせてあげたいという思いからだった。

キヨはいつも中心になって活躍していたが、この時こそ町中の子どもの命を取り上げた産婆さんにとっては、最も充実した時間だったと言ってよいかもしれない。

母親たちも手伝い、我が子であろうと他の家の子であろうと、分けへだてなく愛情を分け与え、子供たちは同じ釜の飯を食べる。

そうやって助け合い、愛し合う仲間意識を町の人たちみんなで強くしたのである。

弱き子には強き友となり、弱き子は強き子を慕い、「いじめ」などというねじ曲がった感情や行動は、起こり得ようもなかった。

野の花が風に揺れているような、素朴で美しい習わしだが、そこには本当の父兄と子どもたちの繋がりがあり、教育、食育の原点と愛情の本質がある。物資の不自由な時代だからこそ分かち合おうという平和への願いといってよいものだった。こうした美しい人間らしさが貧しい時代にはあり、現代の豊かな時代にはなくなったというのは不思議なことである。

大介は大人になってからもこの「炊き出しご飯」の味を忘れなかった。家庭を持ってからも月に一、二度は自分で味付けし、子どもたちに当時の話をしながら食べさせる。それを食べていると、ふるさとのなつかしい人たちの声や会話が聞こえてくるのだった。

昨今は贅沢の限りを尽くした〝グルメブーム〟がもてはやされているが、家庭で作った「炊き出しご飯」には、〝味以上の味〟がある。それは少年時代と変わることのない、心の豊かさを思い出させる「天下一品」の味であった。

アカチャンハ知ッテイル

昭和二十六年冬。その年の三月、大介も小学校卒業となる一ヵ月程前のこと。伊吹下しの風に煽られて、凍りつく寒さに震えながらキヨが自転車に乗って、犬山の西へ向かって坂を下りて行った。

町中の坂下町を通るとき、下校中の小学生の女生徒に声を掛けられた。

「ああ、産婆の大母さんだあ。こんにちは、今日も赤ちゃん抱きに行くんですか?」

「誰だっけ？　ああ、ごめんごめん。江口の恵ちゃんだね」

「そうです、この子が典ちゃんで、それからこちらが」

　すかさずキヨが言った。

「石田の陽子ちゃんだ！　みんな、おばさんの子どもだよ。もうすぐ中学生になるんだね。大きくなって、嬉しいよ、おばさん」

「四月から中学生です。大母さんはどこへ行くんですか」

　陽子は躾のいきとどいた家庭の子だった。言葉遣いも丁寧で、青山牛乳店によく来ていたので親しみやすかった。三人はキヨと一緒にしばらく歩いた。

「ここへ来たのよ。少し様子を見にね」とキヨが一軒の家の前で立ち止まった。

「……おばさん、ここは韓国人の家だよ。だから」

　典子がそう言いかけようとしたとき、

「わかっているよ。生まれて来る赤ん坊にはね、国の違いなんて関係ないさ。いのちは何よりもかけがえのないものなんだよ。じゃあ、またね。気を付けて帰るのよ」と言い残してキヨは家の中に入って行った。

　と思うとすぐに外に出て来て、今、別れたばかりの三人に大声で叫んだ。

「おーい、陽ちゃん、典ちゃん、恵ちゃん！」

三人は一斉に振り向いた。

「なあに。おばさん、どうしたんですか」

大母さんはこっちへ来い来い、と手招きをしている。その手招きがだんだん早くなるので、三人はすぐに駆け寄っていった。

「みんな、お利口だからな、これからおばさんを手伝って」

「はい。いいですけど、ここは……」

「いいの、とにかくおばさんを助けてくれればいいの。わかったね」

三人一緒に家の中に入ると、あまりの驚きで言葉がでない。そこには産み落とされたばかりの赤ちゃんがいたのだ。母親と臍の緒が繋がったまま血塗れになり、息が絶えているのか、ビクともしない。母親は出血と寒さのために顔は青く、吐く息も絶え絶えで二人は畳の上に転がっているような状態だった。

キヨは仕事鞄を置くと、三人には見えないように臍の緒を切り、すかさず命じた。

「みんな、そこにある釜に水を入れてお湯を沸かして」

二人の命がかかっているのである。キヨはのんびりとはしていられなかった。

「恵ちゃん、そうそう、上手だね」

「私んち、餅屋だからいつも釜炊き手伝っているんです」

「よーし、メンバー揃いぶみだな、大丈夫、大丈夫」

　すると横になっていた妊婦がたどたどしい日本語で、苦しそうに言った。

「ワタシ、ニッポンジン、セワニナラナイ。ホットケ。アカゴシンデイイ！　ワタシセワニナラナイ」

「あんたの世話はしないよ、神様のお手伝いをするのさ。だから任せておきなさい。ちゃんと手当しないと、二人共死んじまうよ。さあ、お布団に入りなさい。安心していいのよ、それでいい。ゆっくりするんだよ」

　典子と陽子がその女性を寝かせた。

「問題は赤ん坊だ。うわ、こんなに冷たいけど……」

　体をタオルに包み聴診器を当ててみると、微かにキヨの顔が緩んだ。

「よし。だいじょうぶだ。神様のご加護をお借りして、これからが腕の見せどころさ。赤ちゃん、助かるよ、待っててね。恵ちゃん、お湯を一杯、その大きな釜に入れて、ここへ持って来て。そうそう、あんた、さすが餅屋の娘さんだ。うまいじゃないの」

「おばさん、あたし、餅屋の娘と言われるの好きじゃない」

「そうなの？　じゃこれからは〝餅肌の娘〟と呼びますわ」

　キヨは頭の回転の速い人で、一度に二つ、三つの用事を同時にこなせる。赤ちゃんを産湯に入れながら、子どもたちに指示を出し、赤子にやさしく語りかけた。

「それ、それ、気持ちいいだろう、この子は運のいい子だ。生まれてすぐに仮死状態になったから、逆によかったんだな。でも、もう少し遅かったら、体温が落ちて危なかったんだよ。一声で泣いてくださいよう。はい、はい泣いてえ！」

女の子だった。それまで黙り込んでいた子がやさしい声で、〝オギャーッ、オギャー〟と泣き出した。湯に入り体温も戻り、タオルに巻かれた。

「ああいい子だ、いい子だ。よし、よし、はい、お母さんの横に寝かせましょうね。この子のお布団は作ったのかい」

「ソノムコウデス。ワタシノオモニ（母）ガツクリマシタ。デモ、コノコ、ウミタクナカッタ、タスケナイデクダサイ」

母親が何を言いたいか、その気持ちがキヨには痛いほどよくわかった。

この女性はお腹の子が三ヵ月に入ったときに、日本人男性と助産所に来て、出産の時はぜひお世話になるからとお金も前払いで生むことを楽しみにしていたが、両方の親が結婚に反対し、日本人男性は親元へ帰ってしまったのだ。

そこで気性の激しいこの韓国の女性は、本当の愛情がない人の子供は産みたくない、と言って、産婆さんには二度と家に来ないでくださいと言ってきたのである。

出産は明日の予定日だったが、キヨが念のため一日早く様子を見に来たら、このような事態に遭遇したのだった。

——明日来ていたら、子供は死んでいた。そればかりか、母体の命も危なかった……。

そうと思うと、キヨは運命の分かれ道というものに空恐ろしさを感じた。

母親の様子も落ち着いてきたので、キヨが語りかけた。

「あのね、あなたは日本人の子どもは生みたくないと言ったけど、子供を授けたのは日本人でも韓国人でもないんだ。地球全体の神様なんだよ。その証拠に赤ちゃんの第一声は、地球上の全世界共通のオギャーオギャーだ。米国もイギリスも韓国もモンゴルも、ましてや日本も、地球の神様はどこの国の赤ん坊にも、オギャーオギャーとしか教えてないんだよ。そして生まれた国の教育を受けたり、やさしい親たちの国の言葉を毎日聞いてその言葉を覚えていくのよ。ほらほら、よく笑っている。かわいいね。愛嬌のいい子だよ。あんた、赤ん坊はいらないってそんなに言うなら、この産婆がもらい受けるから。早いほうがいいから、帰るときもらっていこうかね」

「アノ……ソレハダメ。コマリマス。ヤメテクダサイ」

「ハハハ。こんないい子を手放す親なんてどこにもいないさ。そうだ、連絡したいから、この子のお父さんの住所教えて。電話番号、わかる？　知らせるだけでも、そうしておこうね」

「ハイ」

「よーし、決まり！　あなたはお乳は出そう？　あ、出そうだね、そうそう、うまいよ、そうやって飲ますのよ」

　母親が差し出した名刺を見ると、

「名古屋市北区黒川通り黒川市場（株）取締役専務、立花昇一」となっている。

「へぇ、この人なの？」

「ウン、オオキイヨ、イチバ。カンコクダッタライチバンデスネ。ワタシソコデシゴトシテマシタ」

「そうなの、わかった。任せなさい。ところで、元の関係に戻れるなら、それが一番いいね。子どもと一緒にね」

　産婆さんのあまりにも熱心な態度に、女性の気持ちが動き出した。

「ハイ。コノコノタメニモ、シンボウシマス」

「そうだよ、辛抱、我慢が人生だ。幸せはみんな苦しんで手に入れるものさ」

「ハイ、ワカリマス。ワタシタチモ、センソウチュウハ、タイヘンクロウシマシタ。アボジ（父）モ、オモニ（母）モ、ワタシノオッパ（兄）モ、ニホンジンニヒドイメニアイマシタ。ニホン、センソウニマケテ、ヤサシクナリマシタ。タチバナヲアイシマシタ、イマデモスキデス、アイシテマス。サランヘヨ、サランヘヨ」

女性は日本で生まれて日本で育ったので、どうにか日本語が話せた。

以前は朝鮮人、朝鮮人と見下げていた日本人だが、戦後は民主主義と自由主義が少しずつ根付いてきていた。国や民族は異なっても、いのちの大切さに変わりはない。キヨは〈むかえびと〉として、赤ん坊を取り上げるたびに、人類がみな兄弟として、地球が一つになり、国籍はあっても国境のない人間関係にしたいと願ってきた。

出産した日から十日後、立花一家と、母子が一堂に集まる日があった。めんこい赤ちゃんを生んだ人は、改めて「金美愛です」と名乗った。

当日は定吉も行きたいと言ったが留守番になり、キヨは大介を連れて列席することになった。そして、あの日手伝ってくれた三人の子どもたちを連れて行くことも忘れなかった。

立花昇一は集まった子供たちにお礼のしるしにと、たくさんのお菓子や漫画雑誌を寄贈してくれた。初孫との対面となり、立花家は大変な喜びようで、反対していた両親も今は抱っこしては満面の笑みであやし、一度に春風が舞い込んできたような楽しい一座となった。

それまでの行き違いも、誤解も、赤ちゃんの笑み一つで消えてしまったのである。それはまるで赤ちゃんが神の使者として、みんなで愛し合うことの大切さを教えてくれたようであった。それこそがキヨの願いであり、産婆の仕事がもたらしてくれる真実だった。

「サンバサン、アリガトウ。ワタシ、ワスレマセン」

と言って若く美しい母親はすっかり誇りを取り戻した眼でキヨの眼を見た。

「わたしはいま、〝むかえびと〟から、〝まとめびと〟になっちゃったけど、こんな忙しさなら
どんなに忙しくてもいいさ。金さん、ありがとう。わたしもあなたに真実をもらったのよ」

帰り道、本町通りの青山牛乳店の店の前に出ると、

「おばさん、ありがとう。お手伝いできてよかった」

三人の女の子がキヨにそう言って頭をペコリと下げた。

「何の関係もないあんたらも感謝してくれるのかい。うれしいな。うれしいねえ」

「大母さん。どうもありがとう」

「どうしたんだい、大ちゃんまで」

「ぼくも今日、つれていってもらってよかった。」

「そう言われると、おばさんうれしいよ。みんな、〝げんこつ飴〟食いねえ。一袋ずつもってけ。

あんたたちに教えてあげるよ。生まれてくる赤ちゃんは、何もかもご存知なのさ。世界中で戦
争は絶えないけど、どこの国にいっても、お父さんがいて、おかあさんがいて、赤ちゃんがい
るんだよ。それが一番大切なことなのさ。」

後日談になるが、かなり時を経て、黒川市場も大型スーパーになり、経営者の立花昇一さん

も優れた経営者として陣頭指揮を取り、業界のトップにふさわしい人物になった。あのとき、「ウミタクナカッタ、タスケナイデクダサイ」と訴えた美愛さんはその後子供五人を懐妊し、〝青山の産婆さん〟に取り上げてもらうことになった。

回廊からの眺め

朝鮮戦争勃発により、日本経済は軍需景気を受けて活況を取り戻し、国民生活は敗戦から立ち直り、しだいに秩序を取り戻しつつあった。昭和二十五年の千円札発行、魚、衣料の統制廃止、たばこ配給廃止、みそ・醤油の自由販売、八大都市で小学校のパン完全給食化と、占領下体制は徐々に解除されていく。

昭和二十六年にはマッカーサー罷免、財閥解体完了、そして講和・日米安保条約調印、NHK第一回紅白歌合戦ラジオ放送、ラジオ体操復活。昭和二十七年には、国会中継が開始、琉球政府発足、羽田国際空港誕生、東京にトロリーバス出現、住民登録の開始などがなされた。

しかし、こうしたなかで国民生活全般が順調に復興し活況を呈したというわけではなく、政治の世界では、第三次吉田内閣で大蔵大臣・通商産業大臣を務めていた池田勇人が、麦も食えない時代に「貧乏人は麦を食え」「中小企業の一部倒産もやむを得ない」と暴言を吐いて社会的な波紋を呼んだ。この頃から、日本の経済社会には大企業優先で中小、零細企業等が後回しにされる〝ひずみ〟が生じて行く。

一方、大正デモクラシーによって開花した大衆文化は、戦後民主主義の新風に乗って、パチンコの流行や「オーミステイク」、「とんでもハップン」、「あじゃパー」などの流行語が飛び交う中で、美空ひばりの「東京キッド」「悲しき口笛」、また藤山一朗・奈良光江の歌った「青い山脈」や藤山の「長崎の鐘」などの流行歌がラジオや巷に流れ、映画では「日本戦歿学生の手記きけ、わだつみの声」（関川秀雄監督）、小津安二郎「晩春」、今井正の「また逢う日まで」、黒澤明「羅生門」「酔いどれ天使」、日本初のカラー映画・木下恵介「カルメン故郷に帰る」、嵐寛寿郎・美空ひばり主演の「鞍馬天狗」「角兵衛獅子」などが評判で人気を集めた。

犬山の町でも大介の家の裏に、「犬山桃劇」という映画館が出現した。大介は自分の家の庭に映画館ができたようで得意満面、トーキーの音だけはいつも聞こえて来たのだ。

昭和二十六年正月三日、いよいよ今夜は、青山牛乳店にもテレビジョンが入ることになった。誰より喜びはしゃいでいたのは定吉だ。大介はグループの仲間総勢二十人を引き連れて、勝手知ったる青山牛乳店の店先に集合をかけた。

大介はみんなといっしょにおじさんの「開幕」第一声を待っていたが、一番後ろにいた英二を見つけて側に来て言った。

「ふんどしおじさんが、テレビジョン買うなんてびっくりするな。これからは時代がどんどん変わるな。英二、二人で映画をやったろ。あれもすごいことだった……なんだよおまえ、おれの話、聞いてないのか」

「聞いているよ。思いだしたんだヨ、あのときおれ、ガビョウ飲みこんで足もけがしてさ。でも毎日楽しかったなあ。おれ、大ちゃんのこと、今日から〝アニキ〟って呼ぶわ」

「ハハハ。おまえが〝シャテイ〟ってのは、おれは前からそのつもりでいたぞ」

英二は、大介の背に手を掛けて、友情を誇示したいのか、グイグイと痛いほど力を入れてゆさぶってきた。

「いてえよ、ポパイじゃあるまいし」

おじさんの「いいぞ、なかへお入り」の声を合図に店内へみんなどっとなだれ込み、大人は酒、ビール、子どもは三ツ矢サイダーを注文してテレビの前に大人しく座りこんだ。

当時は日本中で〝街頭テレビ〟が全盛の時代で、どこの駅前でもテレビの前に人だかりがしていた。電気屋さん、お風呂屋さん、お蕎麦屋さんなどのテレビがあるところにはテレビを見る人たちが蟻の子のように集まってきたのである。

当時、NHK第一回紅白歌合戦は、一月三日に放送されたが、大人も子どもも初めて見る歌合戦のテレビの迫力と歌謡曲の生の素晴らしさに圧倒された。当時の人々はそこからある種の

「生きるエネルギー」を受け取っていたと言っても過言ではないだろう。

大介の父・水野実郎は、三回目の衆議院選挙の結果が落選で終わり、ようやく普通の父として、主人として、大介たちや歌子ところへ戻って来た。と言っても、やはり元国会議員という身分では何かと集会に顔を出したり、人と会う機会が多く、地元犬山に帰ってからも忙しさはあまり変わらなかった。

岐阜県の養老町の水飲み百姓の息子から身を起こし、地主制度を廃止したり、戦後の農地解放によって貧乏百姓を農業事業者に仕立て上げ、日本の農業政策の確立に奮戦し、売春防止法案では革新女性議員連と活動を共にし、弱者救済を政治の本筋に置き、戦後日本の再建に身を投げ打って活動をしてきたが、今後は中央での活動を退き、犬山で地域活動の支援に携わり、周辺の人たちの暮らしに役立つような民主的活動の整備・発展に寄与していきたいと考えていた。

梅雨明けの夏の夕方、水野家では、キヨも定吉も集まって恒例の〝すき焼き鍋大会〟が開かれていた。実郎が乾杯の音頭をとって、

「やるだけのことはやった。悔いはないです。これから農村の暮らしも改善されてよくなっていくし、都市の発展や民主的活動の支援もやってきた。みんなが平等に明るく生きて行ける未

来への橋渡しはやったつもりだ」

と挨拶をすると、定吉が、

「うれしいなあ。これからは、ずっと水野さんが地元にいるってことがありがたいやね。何しろ困り事があってもよ、おれたちの頭じゃ、解決の糸口すらわかんないしなあ」

「いちばんうれしいのは子どもたちだよ。あっ、歌さんか。これでさあ、長い間の〝後家さん暮らし〟から解放されるんだからなあ」

「キヨさん、ちょっと待ってくれ。〝後家さん暮らし〟ってね、私を殺さないでくれ。それほどまで留守にしてませんでしたよ。まあ、帰って来ると、出かける事の連続だったけど、犬山に帰って来るのはやっぱり、嬉しかったもの。家庭は男の港だからね。私はここに停泊して、長旅の疲れを癒してたんですから」

「でも、お父さんが忙しすぎていない日が多いんだもの。」

「そうね。お父さんと旅行に行ったり、名古屋に出かけたり、外食したり、そんなこと一度もなかったものね。子どもたちには少しかわいそうなことしたね。これからは、みんなでお父さんに〝家族孝行〟してもらおうね」

「お兄ちゃんはお父さんと映画行ったけど、ぼくなんか行ったこともない」

「わかった、わかった。もう吊るし上げは勘弁してくれよ。これからは犬の散歩だってお父さんがやってやるよ」

「よーし。本当だからね、お父さん、雨の日もだよ」と良夫が言ったので、「まずかったな、いまのは」と実郎がつぶやいたため、一同大笑いになった。キヨは、控えめな歌子が明るい笑顔で嬉しそうにしているのを見てほっとし、胸をなで下ろした。

「よかったね、歌さん。むずかしいもんだよね。世の中を幸福にするために働けば、お父さんが留守になってその家が不幸になっちゃうんだから。大変だったよな、みんな。きっと神様が、そろそろ犬山へ帰ってよいと、采配を下されたのさ」


翌日の夕方、大介に声をかけて、実郎は二人で久しぶりに犬山城の天守閣に上ってみることにした。地元の人は朝夕お城に手を合わせることはあっても、城の中まで入ることはめったにない。大介も三つ四つの頃、父に連れられて以来だから天守閣は初めてのようなものだ。犬山城の天守閣は「望楼型」と呼ばれ、周囲に回廊があり、そこから眼下の景色を一望できる造りになっている。

「ああ、夏じゃのう。川の流れがまぶしく光って」と実郎は目を細めた。

犬山城は、別名「白帝城」とも呼ばれている。それは木曽川沿いの丘上にある城の佇まいを長江流域の丘上にある白帝城を詠った李白の詩「早發」（早に白帝城を発す）にちなんで江戸期の儒学者・荻生徂徠《おぎゅうそらい》が命名したと言われている。

「大介は、東京に行ってよかったか」

「うん。おもしろかった……」

「山田といっしょに何食べた」

「かつ丼とオムライスとおすしと……」

「ハハハ。旨かったか?」

「うん。かつ丼は犬山より旨かった」

あれ以来、忙しさにかまけて実郎は大介の東京の話を聞いてやれなかった。今日は夜まで少し時間が空いたので、お城に連れてきたのである。

「東京へ、またいつか、行きたいか」

「ぼく、東京の大学に行きたい。やっぱり、犬山とは別世界だもん」

「うん、じゃ今度行くときは大学生になって東京をじっくりと見てこい」

「うん、剣道もやるけど、勉強もやるよ」

「……お父さんな、年中東京で忙しくしていただろう。でも、東京の人間になったことは一度もないんじゃ。いつも〝犬山の人間〟として、がんばってきたんじゃ。ここはな、江戸時代は名古屋に継ぐ町で、川や街道を通って物流活動が盛んやった。そもそもこの犬山城そのものが交通の要衝にあって戦国武将がめまぐるしく奪い合った城なんじゃ。だからここは、静かな田舎町とは違うんだ。日本の中心地の一つと思っている。だからお父さんは、日本の未来へ橋を架けるような仕事を犬山の人として発信してきたつもりじゃ」

「お父さんもお母さんも、おじさんも大母さんもいるから、この町が好きだよ」

「おじちゃんも大母さんも、お父さんの先生じゃ。何かあると、おじちゃん大母さんのことを思い出して、お父さんは東京で仕事をしてきたんだ」

「フンドシをはいた先生とお産婆さんの先生だ」

「ハハハ。そうや。名古屋に帰って来ると、人の話し声を聞いただけで、元気が出てきてなあ。ふるさとの訛なつかし停車場の人ごみの中にそを聴きにゆく、知っているか。石川啄木の短歌だ。そのうち学校で習うやろ」

「お父さん、〝将軍〟はどうしているかな」

大介がふと、思いだしたように言った。

「あんな犬はおらん。どうしているかなあ……」

昨年の冬、〝将軍〟は病気をこじらせて急死してしまった。だが、大介は〝将軍〟がある日またふらりと、家の前に現れるような気がしてならないのである。

良夫は、すぐに近所から元気な茶色い子犬をもらってきた。定吉おじさんが「負けん気が強いから、威勢のいい名がよかろう」と言って今度は〝次郎長〟と命名した。

ところがその〝次郎長〟はやたらと外を走り回ることに熱中する犬で、二週間程前、首輪を離してやるとワンワンッ！と大声で吠え立て、一直線に駅前通りを突っ走って、そのまま家には二度と戻ってこなかった。

定吉はカンカンで「あの恩知らずめ！　恩知らずの馬鹿犬め！」と悔しがった。

実郎は中腰の姿勢になって回廊の欄干に手と顎を載せ、

「ふうん。ちょっと留守しているあいだに、そんなことがあったのか。ははは。じゃまた飼わなくちゃな」

そう言って、眼下の木曽川を見下ろした。

川では子どもたちが水遊びをしているのが見える。川の向こうには遠く広がる濃尾平野の緑色の広がりとなだらかな山なみが夏の日を浴びて輝いている。

実郎が大介の方に振り向いておだやかなやさしい眼になって言った。

「なあ、大介。〝将軍〟は、名犬だったな。……〝将軍〟も、定吉おじちゃんや大母さんと同じ先生じゃ。おまえたちの心の中にずっと生きているさ」

犬山城の天守閣から城下町を見下ろして語る親子。未来への夢を語り合った

悲しきかな　臍《へそ》の緒

お城の南の入り口近くにある針綱神社は、桜の名所でもある。太古より五穀豊穣、厄除け、安産、長命の神として知られ、安産、子授けにご利益がある犬山城の守護神だ。

満開の桜並木が続く神社の坂道をキヨが自転車を引いてゆっくり登って行くと、吹雪のような花の中で黒一点、キョトンとした面持ちでカラスが古木の枝に止まってこちらを見下ろしていた。子どものような小さいカラスだった。

「おやおや、お花見かい。ウグイスみたいなやさしい顔したカラスさんだね。のんきでいいね、カラスさん。いい季節になってよかったなあ」

三日後に控えた犬山祭りの準備で、山車が並び賑わいを見せる針綱神社の境内に着くと、キヨは神社の石段に腰を下ろし、朝やけの名残りを見せる早春の空を見つめた。青い空には色づいた雲が花びらのように浮かんでいた。

やがて神社の社に向かい、両手を合わせた。昨夜は夜を徹しての「おむかえ」で八方手を尽くしたが、結局は死産となってしまった。キヨはたすき掛けにした仕事鞄から、大切に仕舞いこんだガーゼの包みを取り出し、それを手でなぞった。この世には誕生できなかった子のへその緒である。自分の無力さかげんに、涙が頬をつたい落ちてきた。

――ごめんね……。お役に立てなかったね。わたしもくやしいよ。

キヨは身動きもせず眼を閉じ、凍りついたようにその場に立ちつくしていた。

おむかえは自転車に乗って

午後の青山牛乳店の店先では、子どもたちがてんでにいろいろな遊びの輪をつくっていた。メンコ、こま回し、お手玉、縄跳び……。キヨと定吉は二階の窓から子どもたちの遊びをじっと眺めていた。おはじき、石けり、かくれんぼ。一つの遊びに飽きると、子どもたちは次々と別の遊びに移り、そのたびに顔ぶれが入れ変わったり、加わったりして行く。夢中になっている子どもたちの遊びの輪を見ていると、定吉もキヨもいつまでも見あきることがない。

「さっき、よっちゃんとみつこちゃんがおまえのこと呼びに来ていたよ。縄跳びに入ってくれってさ」

「今日はそんな……元気ないさ」

「おまえがしくじったわけじゃないさ」

「やっぱり、責任を感じてね……こんなときはつらいよ」

キヨは一昨日の死産からまだ立ち直れず、ぼんやりとしていた。

定吉はキヨが落ち込んでいるときは、いつもこうやって二階からいっしょに子どもたちの遊ぶ姿を見て心の回復を待つのがつねだった。

「おまえがしょげていたら、子どもたちまでしょげてくるさ。今日も出かけていくんだから。もうすぐ、加藤さんの家の静ちゃんの様子を見に行く頃だろ」

「分かっているけど……」

「ほら、〝むかえびと〟さんよ、可愛い子分たちが、お前の自転車をみがいているよ。大ちゃんと英二はいたずらばかりしている悪ガキだけど、不思議とおれたちの自転車はまじめに掃除しているよなあ。よく続くもんだよなあ」

定吉は子どもたちの遊び場の隅っこで、キヨの自転車に油を差してぴかぴかにみがいている大介と英二を指さした。

「わたしたちの分と、中川先生の自転車は、大ちゃんと英二で一週間に一度はやろうって決めてるんですって」

「ははは。あいつらも、けっこう泣かせるじゃないか」

「わんぱくだけど、いい子たちだよ、二人共さ」

「どうだい、そろそろ機嫌直ったろ。ここで遊んでいる子は、みんなおまえが取り上げたわしらの大事な子だよ」

「おまえさん、いいこと言うねえ、男は、やっぱり、顔じゃないね」

「わしはこの顔で売ってんのや。犬山の〝バンツマ〟に向かって……」

「そろそろ時間がきたから、行って来る。お話はね、今度ゆっくり聞かせてもらうわ。」

キヨが身支度をして階段を駆け降りると、背中で「あー、行っておいで、気いつけるんやで」という障子をふるわせるような定吉のしわがれ声が追いかけてきた。

階下の店先に出ると、キヨを見つけたわんぱく二人組がすぐに駆け寄ってきた。

「大母さんの自転車、油差したから軽くなったよ！ ピカピカだよ。今日も出かけるの？」

「ああ、行って来るよ。ありがとうね。おじさんが拳骨飴くれるってよ」

「やったな、英二！」

「おじさんは大物や。自分で〝バンツマ〟や言ってるくらいやしなあ」

「あはは。あのフンドシのおっさん、いつも何考えとるのかねえ」

大介、英二が熱心にみがいてくれた新品のような自転車に乗って、春の午後の犬山の町を走って行くと、キヨの胸の中はしだいに明るくなっていった。胸の奥の暗い雲がどんどん消え去って行く。町の路地路地を通り抜ける沈丁花の匂いのせいだろうか。こうして、幾つになっても、気持ちの底の方で娘の頃のように心がふんわりとそよぎ立つことがある。上機嫌の時に口ずさむ大好きな曲目がハミングとなって口から出た。

　お使いは自転車で気軽に行きましょ
　並木路そよ風　明るい青空
　お使いは自転車に乗って　颯爽と
　あの町　この道　チリリ　リリリンリン

戦時中に流行った轟由紀子の「お使いは自転車に乗って」という歌だが、キヨは勝手に「お迎えは自転車で気軽に行きましょ」と歌うのである。

木曽川にかかる橋のたもとに差しかかると、川面が夕日に彩られている。いちめん金色の鯛の鱗のようである。お椀のような新緑の伊木山もオレンジ色の光を浴びている。

——昔、あの人と二人でこの橋の欄干に佇んだことがあったなあ。

ふいに新婚の頃を思い出した。橋の真ん中当たりでキヨは自転車を降りて、木曽川を見下ろして見た。……あの人には、これまで何度も、何度も助けられてきたな。キヨはさっき二階の部屋で言われた定吉の言葉をかみしめていた。——みんな、わしらの子やないか。

雪解け水をのせて、春の川の流れはさらさらと明るく、悠々として流れていた。

そのとき、キヨの隣りに並ぶ形で橋の欄干にカラスの子がとまった。三メールもない間近な距離である。ク、ク……と甘い鳴き声をたて、黒いつぶらな目でキヨといっしょに豊かな木曽川の水の広がりを見入っている。

——おや、……今朝、神社で出合ったあの子どものカラスさんじゃないか。

とキヨは思った。もしかしたら、おまえは一昨日の夜、生まれてこなかった赤ちゃんじゃないのかしら。

そう思って、キヨが声をかけようとすると、カラスの子は「アー」と一声鳴いて眼下の川面に一直線に降りたって、光の輝きの向こうへ吸い込まれて行った。あとには何事もなかったように、鏡のような金の細波が広がっている。

キヨはすぐさま両手を合わして、木曽川の夕景に何度も深々と頭を下げてつぶやいた。

……カラスさん。いつかまた、人間になって生まれておいで。そのときはきっとわたしが取り上げてやるからな。

（完）

〝おむかえ〞は自転車に乗って。今日も新しい命を元気にお出むかえ。

あとがき

本書の結びにかえて、最後までご精読いただきましてありがとうございます。今回出版するにあたり出版業界の真っ只中で活躍されている創英社／三省堂書店の皆様のお世話になり、立派な書籍に仕上げていただき、人生後半に光明を見た思いがいたしました。とくに編集に従事いただいた高橋淳氏をはじめ編集部スタッフの皆様には深く感謝をいたします。

また、小学校から同級生の仲良し、酒井邦雄氏はどんなときでも励ましてくれ、今回は少しでも良い写真をと協力してくれました。また、竹馬の友である小川盛雄氏には時代を考証したイラストを描いていただき、心より御礼を申し上げます。

そして、著書に関わる貴重なお話や写真を提供して頂きました日本助産師会の岡本喜代子さん、東京八王子の広瀬綾子助産師さん、日本助産師会の加藤尚美会長他の皆さん、心より御礼申し上げます。この御三方が声を揃えて言われた事は「昔の赤ちゃんは、産まれた時から元気がよく、強さを感じた」という事です。「僕、私、産まれて来たよ！」と元気な産声をあげ家族に迎えられる、それが自然な事だったのです。〈むかえびと〉として生命の誕生に関われた天職を、誇りと幸せに思います、と笑顔が素敵な方々でした。日本の産婆さん〈むかえびと〉

は世界一であり、人類の誕生の産声は全世界共通語「オギャー」で始まり、地球を守る元気な「オギャー」が溢れることを想像しながら終わりとします。

ペンを擱いた朝、外へ出た。深く爽やかな木々の緑と根強さの中に、天に響く黄色い声と汗。そう、未来人達は元気だ。高く見える空の青さ、枝木の葉を揺らす風の声。分け隔てなくどこでも出会える、自然のたまものだ。心と感で歩く、我が故郷によく似た目黒不動のかむろ坂。故郷が恋しくなった。近いうちに一度帰ろう。


「分娩」は、地球に人類が現れた太古の昔から繰り返され、現在もこれからも人類が存続する限り続いていく。

人類が地球上に繁栄していくために欠かせない生理現象であり、豊かな愛に支えられた偉業である。

新しい生命の誕生は、ときとして母と子を一瞬にして命に関わる危険な状態に陥らせる可能性を潜めている。

正常に経過しても、常に「陣痛」という耐え難い痛みが幾度となく襲い、母となる女性にとっては、いつの世も命を掛けた大仕事となる。

この命懸けの分娩も、古来日本においては、神に対する感謝こそ
今も昔も変わらないが、「産屋」という隔離された場所で
人知れず行われ、人から人へと語り継ぐことのできないものであった。
「むかえびと」はいつしか徳川末期頃から半職業化していった。
現在のようなかたちの助産婦職として本格的に職業化していったのは、
明治時代以降のことである。
やがて、これは助産師となり、母子健康保険の担い手として、
全国レベルで産婆免許制度が確立されるに至った。

碧い地球に迎えられる
命、息ひとつ。
最初の「オギャー」の産声は
全世界の共通語。
今も昔も、変わらない。
未来永劫、愛情あふれる
『むかえびと』の真剣味とともに。

板倉弘昌（いたくら　ひろまさ）

1937年、愛知県犬山生まれ。

中学卒業後、日本電建名古屋支社の茶坊主をしながら定時制高校に学ぶ。

卒業後、当時の同社社長、田中角栄氏の命により東京本社勤務となる。

上京と同時に明治大学商学部商科に入学、一年留年するも無事卒業。

全学連運動や安保闘争への参加が田中社長の逆鱗に触れ、自ら辞す。

失意の内に犬山に戻り無為徒食に過ごすなか、母の叱咤を受け一念発起し塗装業を始める。

この頃に発明したスポーツ応援グッズ（V メガホン等）が日本全国を席巻する。

その後、還暦を契機に再び上京。

現在、（財）日本国際医療船建造機構理事長、（財）亜細亜映画産経機構理事長、（社）日本著作権協会会員、（社）日本作詞家協会会員。

作詞・作曲に携わり、キングレコードより CD を発売中

命・息ひとつ　**むかえびと**

2014 年 2 月 20 日　　初版発行

著　　者　板倉弘昌
イラスト　小川盛雄
発行・発売　創英社／三省堂書店
〒 101-0051　東京都千代田区神田神保町 1-1
Tel：03-3291-2295　Fax：03-3292-7687
印刷／製本　三省堂印刷株式会社

ISBN978-4-88142-838-2 C0093